뒷골목에서 주운 소녀가 배드 엔딩 후 여성향 게임의 히로인이었던 건

2

카보챠마스크 지음 / 헤이로 일러스트 / 김진희 옮김

"괜찮으세요……?"
피네 슈타우트

"저한테는 마음껏
어리광 부리세요."

"거기 수건 없어요?
머리가 다 젖었는데……."
"갸, 갸아아아아아악?!"

"도와주셔서 감사합니다……
아네스 발렌이라고 합니다!
정말 감사합니다!"
아네스 발렌

뒷골목에서 주운 소녀가 배드 엔딩 후 여성향 게임의 히로인이었던 건

2

카보챠마스크 지음 / 헤이로 일러스트 / 김진희 옮김

소미미디어

프롤로그 ✦ 008

제 1 장 ✦ 파란만장한 철도여행 020

제 2 장 ✦ 성녀의 고향과 절연 034

제 3 장 ✦ 부모로 인한 불행, 자식으로 인한 불행 076

제 4 장 ✦ 배드 엔딩의 곁에서 128

제 5 장 ✦ 아네스 발렌이라는 소녀 153

CONTENTS

제 6 장 ✦ 악마 176

막 간 ✦ 회상(side. 아네스 발렌) 194

제 7 장 ✦ 만남과 어울림과 보답 202

제 8 장 ✦ 종막의 시간 223

막 간 ✦ 회상(side. 알디) 238

제 9 장 ✦ 그리고 다시 밤이 찾아오다 246

에필로그 ✦ 259

✦ 프롤로그

"애쉬 바이스 자작, 고개를 들라."

계절은 거리 곳곳에서 매미가 울어대기 시작한 한여름.

라크레시아 왕국 수도 한가운데에 우뚝 서 있는 성, 그 알현실에서 무릎을 꿇고 있던 나는 그 성의 주인이기도 한 노인의 목소리에 고개를 든다.

"먼저 내 못난 아들이 경과 피네 슈타우트 양에게 큰 민폐를 끼친 점, 사과한다. 정말 미안하다."

국왕 폐하는 가볍게나마, 일개 신하인 나에게 머리를 숙였다.

그 모습에 주위 시종들이 당황해서 술렁거리기 시작했다.

나도 깜짝 놀란 건 마찬가지였다.

설마 국왕 폐하를 알현한 것도 모자라 사과까지 받을 거라고 누가 생각이나 했겠는가.

"아, 아닙니다! 그 문제는 이미 해결되었으니, 폐하께서 사과하실 필요는 없습니다!"

나는 당황해서 얼른 더 깊이 머리를 숙이며 말했다.

"바이스 자작은 너그럽군. 하지만 국왕으로서, 또 자식을 둔 아비로서 이번 사건을 언급하지 않고 넘어갈 수는 없다."

폐하는 옅은 미소를 짓고는 이내 엄숙한 분위기를 풍기며 시종에게 눈짓했다.

그러자 뒤에서 대기하던 시종이 상당히 고급스러운 하얀 천으로 덮인 길쭉한 나무 상자를 내 앞으로 가져오더니 정중히 봉인을 풀고, 안에 들어 있던 의례용 검을 나에게 보여줬다.

"지난번 소동으로 공석이 된 왕국 제2 정기사단 부단장직을 맡아주겠나?"

이 의례용 검을 받으면 라크레시아 왕국의 하급 귀족의 정점인 정기사단 부단장직에 취임할 수 있다.

얼마 전까지만 해도 약소 귀족의 후계자나 될 수 있을지 불분명하던 내게, 관직과 신분 상승의 기회가 주어진 것이다.

정말이지 불과 1년 전만 해도 생각할 수 없던 일이다.

"……."

평생에 한 번 있을 기회를 두고 나는 진지하게 고민하고 생각한 끝에――.

"……결정했습니다."

――일의 발단은 약 일주일 전으로 거슬러 올라간다.

※ ※ ※

"……그럼 다녀오겠습니다."

"응, 조심해서 다녀와."

정기 시험과 야회 습격 사건이 일단락되고, 학교가 일상을 되찾은 어느 날.

나보다 수업 시작이 빠른 피네가 집안일을 마치고 서둘러 먼저 학교로 향했다.

나는 그로부터 약 10분 뒤에 가방을 들고 왕립 마법 학교 하급 귀족반으로 등교했다.

다시 말하지만, 왕립 마법 학교는 신분에 따라 반이 다르다.

예를 들어 나와 이안처럼, 하급 귀족 출신으로 가문을 이어받기 어려운 자들은 전용반에서 취업을 위한 직업 훈련을 받는다.

한편 바보 4인방 같은 상급 귀족은 예절, 국제 정세 등 귀족 신분에 걸맞은 것들을 배운다.

피네는 귀족의 혈통은 아니지만, 성녀의 힘인 '성마법'을 다룰 수 있으므로 왕비 후보 자격을 얻어 상급 귀족반에 특례 입학했다.

물론 전부 이야기 전개를 위한 편의 설정이다. 이런 장치가 없으면 평민 출신 주인공이 귀공자들과 접점을 만들 수 없기 때문이다.

이러한 이유로, 내가 피네의 얼굴을 보는 건 아침과 방과 후 정도. 학교에서는 어떻게 지내는지는 잘 모른다.

그래도 뭐, 괴롭힘당하지 않고 즐겁게 지내고 있다면 어떻든 상관없다——라고, 동거 생활을 초기에는 막연하게 생각했었는데…….

"흐음……."

하급 귀족 식당 한구석.

마법 학교의 정원이 한눈에 보이는 자리에 앉은 나는, 두 남녀가 나무 그늘에 숨어 대화하는 모습을 발견했다.

남학생은 모르는 얼굴이었다. 적어도 하급 귀족반은 아닐 것이다. 그는 몸짓을 섞으며 여학생에게 들이댔다.

그러나 여학생은 고개를 꾸벅 숙이고는 도망치듯 그 자리를 떠나 버렸다.

그 모습을 멍하니 보고 있으니, 이안이 쟁반에 '오늘의 메뉴'인 스태미너 덮밥과 된장국을 가지고 내 옆자리에 앉았다.

"애쉬. 아무리 피네가 귀여워도 그렇지, 학교에서까지 엿보는 건 조금 어떤가 싶다."

"사람 변태 취급하지 마라."

전생에서 《인연야회》를 플레이하던 때부터 생각하던 것인데, 도대체 이 나라는 어디에서 쌀이며 간장, 된장 등의

식재료를 들여오는 걸까?

나는 먹다 만 오므라이스와 새우튀김 세트로 시선을 되돌렸다.

"그러면 왜 보고 있었는데?"

"요즘 피네가 기운이 없는 거 같아서."

"감기 걸린 거 아니야?"

"피네의 마법은 웬만한 상처나 병쯤은 그냥 치유할 수 있어."

"아, 그런가? 그러면 아까 그 상급 귀족반의 도련님 때문일지도."

"나도 그런 것 같은데, 후아암……."

나는 늘어지게 하품하면서 포크로 새우튀김을 푹 찍어 기계적으로 씹었다.

"수면 부족이냐?"

"그럴지도……."

원인은 최근 본가에서 연이어 날아오는 대량의 독촉 편지들 때문이다. 전부 무시하고 쓰레기통에 처박아 버릴 수만 있다면 얼마나 좋을까.

"너야말로 피네한테 진찰 한번 받아보는 게 어때?"

"그냥 자는 시간이 늦어져서 좀 피곤한 거니까 그럴 필요는 없어. 어차피 이 짓도 곧 끝날 거고. 다만 실수로라도 피네한테 말하지 마라."

"알았어, 알았어. 네가 피네를 스토킹하는 것도 비밀로 해줄게."

"그래, 그래. 꼭 부탁한다."

이런 시답지 않은 대화를 나누는 사이에 점심시간의 끝을 알리는 종소리가 식당에 울려 퍼졌다.

"이런, 빨리 먹어야겠다."

"서둘러!"

먼저 접시를 비운 나는, 이안을 놔두고 식당을 벗어났다.

『너에게 어울리는 상대를 찾았다. 여름방학 때 레벤가 본가로 돌아오도록. ――조슈아 레벤.』

조슈아 레벤. 레벤 준남작가의 당주로, 마지막으로 얼굴을 본 지 10년도 넘은 내 아버지다.

'지금까지 거의 연락한 적도 없으면서 뻔뻔하군. 바보 4인방과 결투를 공표했을 때는 돌아올 생각은 하지도 말라고 했던 주제에…….'

아버지가 나를 부른 이유는, 내가 하사받은 '바이스 자작'의 지위를 레벤가에 편입시키기 위해서다. 레벤가의 친척 중에서 약혼자 후보를 물색해 나와 결혼시키려는 속셈이다.

'성가시게…….'

지금까지는 학업이나 행사, 시험을 핑계로 계속 피했지만, 이번 주부터 여름방학이라 이런 핑계를 쓸 수가 없다.

"하아……."

나는 한숨을 푹 내쉬고 어깨를 늘어뜨린 채 교실로 돌아갔다.

"다녀왔어~."

"애쉬 님, 오셨어요? 레벤가에서 편지가 왔어요."

집으로 돌아오자, 피네가 생글생글 웃으면서 나에게 편지를 내밀었다. 점심에 창문 너머로 봤던 표정과는 영 딴판이었다.

"어, 피네? 상급 귀족반은 일찍 끝났나 보네."

"네. 곧 여름방학이라 당분간 오전 수업만 있거든요."

"그렇구나."

본가에서 보낸 편지는 늘 낮에 도착한다.

보통 하급 귀족반이 상급 귀족반보다 수업이 일찍 끝나므로, 지금까지는 피네가 돌아오기 전에 먼저 편지를 감출 수 있었는데, 그것도 오늘로 끝인 모양이었다.

'즉, 앞으로는 피네가 본가의 편지를 받을 가능성이 커졌다는 건데……. 피네가 함부로 남의 편지를 뜯어보지는 않겠지만…… 곤란하군.'

어색하게 편지를 받은 나는 발신자── 조슈아 레벤의

이름을 보고 더 우울해졌다.

이번에는 어떤 핑계로 거절할까. 이제 학교 핑계는 댈 수 없고, 음…….

"저, 애쉬 님! 종업식이 끝나면 저와 같이 고향 마을에 가지 않으실래요?!"

변명을 고민하고 있으니 느닷없이 피네가 밝은 목소리로 그런 말을 했다.

"딱히 유명한 건 없지만, 자연이 풍부하고 공기도 맑고 사람들도 모두 친절해요. 분명 편히 지낼 수 있을 거예요!"

실은 나도 알고 있다. 피네의 마을은 게임 내에서 공략 대상 캐릭터들이 입을 모아 '편안한 곳'이라고 묘사했었으니까.

그곳에 가면 내 지친 마음도 힐링할 수 있을 것이다.

하지만 중요한 건, 피네가 지금 갑자기 그런 말을 한 이유다.

"내가 그렇게 지쳐 보여?"

"솔직히 말하면, 뭔가에 쫓기는 듯이 보여요. 아까도 험악한 얼굴이었는걸요. 처음에는 저주나 병에 걸린 줄 알고 성 마법을 써봤을 정도라니까요? 전혀 통하지 않았지만……."

내 딴에는 감춘 거였는데, 피네의 눈에는 다 보였나 보다.

"아무래도 애쉬 님은 요즘 스트레스가 많은 거 같아요. 그래서 갑작스러운 제안이긴 하지만……."

"그래, 피네 네 생각이 맞아. 요즘 이 편지 때문에 아주 골치가 아프거든."

나는 두 손을 들어 항복 의사를 표시하며 자백했다.

나는 피네와 거실로 가서 적당한 소파에 나란히 앉고는 심호흡을 한 뒤, 내 상황을 털어놓았다.

"결론부터 말하면, 본가에서 내 지위를 노리고 지속해서 혼담을 보내고 있어. 본가의 의향이야 무시하더라도, 혼담 상대에게는 정중하게 거절해야 하니, 매일 답장을 쓰느라 잘 시간이 부족해."

나, 즉 바이스 자작가는 영지도 관직도 자산도 없는 귀족이라 서열은 저 밑바닥에 가깝다.

반면 레벤 준남작가는 왕궁에서 관직을 맡고 있으며, 수도에 저택 두 채를 소유할 정도의 자산은 있다. 얼버무릴지언정 막 대하기는 어렵다.

심지어 혼담 상대들은 대부분 외조부의 친척들인데, 외조부는 백작이라 자작의 지위로는 요구를 물리치기가 어렵다. 하물며 "결혼할 마음이 없다"고 대충 답장을 적는 건 말도 안 되는 이야기다.

덕분에 나는 상대에게 상처를 주지 않으면서 결혼할 마음이 없다는 의사를 직설적으로 전달할 수 있는 문장을 매일 밤 고민하는 신세가 되었다. 고행도 이런 고행이 없다.

아마 본가는 내가 이러다 지쳐서 포기하기를 기다리고

있을 것이다.

구체적으로는 내가 태어나서 지금까지 한 번도 만난 적 없는 장남에게 자작 지위를 넘긴다든가 하는 식의 처리를 기대할 거다.

"날 생각해 준 건 고맙지만, 내가 가면 가문 사람들이 피네의 고향까지 따라 올 수도——."

"저와 제 고향을 걱정해 주시는 건 기쁘지만, 저도 애쉬 님을 두고 혼자 돌아갈 수는 없어요. 강제로라도 애쉬 님을 부모님으로부터 떼어 놓아야겠어요! 괜찮죠?!"

"그, 그래……. 알았어."

피네의 압박에 나도 모르게 수긍하고 말았다.

그녀는 방긋 웃으며 "좋아요" 끄덕였다.

"피네의 고향이라……."

그녀의 고향인 '카가토 마을'은 특정 캐릭터의 루트 해금 후 2학년 때 발생하는 이벤트, 혹은 노멀 루트의 엔딩에서 방문할 수 있다.

게임 발매 전후의 정보로는, 그곳에서 할 거라고는 주인공과 공략 대상 간의 CG를 회수하는 게 전부였다.

그러나 사실은 그 마을에서 얻을 수 있는 레어 아이템이 있다.

그걸 쓸 일이 생길지는 알 수 없으나, 만일을 위해 챙기는 것도 나쁘지 않다.

"좋아, 그럼 당장 준비할까!"
"네!"
나는 무거운 엉덩이를 들고 될 대로 되라는 심정으로 편지를 내팽개친 채 여행 준비를 시작했다.

※ ※ ※

"정말 이걸 타고 가요?"
종업식 다음 날. 우리는 교복 차림으로 대형 여행 가방을 들고 역으로 향했다.
"거길 마차로 가려면 여름방학 대부분을 야영으로 보내야 하잖아? 이런 때는 문명의 이기를 사용해야지."
"하지만 이건……."
피네는 상급 귀족의 저택보다 두 배는 큰 건물을 바라보았다.
건물 안에는 여러 개의 레일과 승차장이 설치되어 있고, 레일 위에는 바퀴 달린 커다란 쇳덩어리가 대기 중이었다.
콩나물시루 같은 삼등칸도 값비싼 신시대의 이동 수단으로, 《인연야회》에서는 2년 차 이후에 해금되는 기능이었다. 실제로 여기서도 불과 몇 년 전에 개통된 참이었다. 이걸 이용하면 왕국 전역을 빠르게 이동할 수 있다.
바로 '마법 열차'다.

“대, 대단해요! 창밖의 풍경이 휙휙 지나가요! 의자도 원하는 대로 조정할 수 있고요! 엄청 쾌적해요!”

“응, 그렇지…….”

《인연야회》에서 마법 열차의 내부 묘사는 배경 CG가 전부였다.

호화로운 건 알고 있었지만, 실제로 보니 왕궁의 알현실 못지않게 휘황찬란했다.

천장과 벽에는 왕국 각 지방의 전통 문양이 그려진 벽지를 발라놓았고, 조명은 마법으로 만든 샹들리에였으며, 승강구의 발판은 대리석이었고, 시트는 등받이 조정 의자였다.

스트레스 해소와 부담 경감을 위해 과감하게 일등칸 표를 끊었는데, 몹시 만족스러웠다.

그만큼 지출은 컸지만.

‘여기는 미어터지는 삼등칸과 다르게 엄청 널널하네. 나랑 피네, 문 가까이에 앉아 있는 젊은 귀족 모녀와 이 일등칸을 경비하는 병사들이 전부인가.’

일등칸의 좌석은 오른쪽이 2열, 왼쪽이 1열로 총 30석 정도인데, 이 차내에는 나를 포함해 일곱 명밖에 없다. 그

마저도 세 명은 검은 제복을 입고 지팡이나 검을 장비한 철도 경비였다.

즉 순수한 승객은 고작 넷.

아직 개통한 지 얼마 되지 않았고, 일등칸의 요금은 수도 일류 호텔의 스위트룸과 맞먹는 수준이니 이용객이 그리 많지 않아도 이상하진 않지만.

《인연야회》에서는 이벤트를 통해 마법 열차를 무료로 탈 수 있게 되지만, 시나리오에서 완전히 벗어나 버린 이상, 이것을 탈 기회는 평생을 통틀어도 몇 번 없을 거다.

그러니 탈 수 있을 때 즐겨야 하지 않겠는가?

"그런데 애쉬 님, 이 용사 훈장은 언제까지 차고 다녀야 해요?"

"이 열차에 있는 동안은 계속. 이게 없으면 승차권을 훔친 줄 알 거야."

게임에는 승객이나 승무원에게 오해받는 '해명 이벤트'가 있다. 귀찮은 일을 피하려면 용사 훈장을 내보일 수밖에 없다. 이게 우리가 굳이 교복 차림인 이유였다.

마법 열차의 티켓은 역에서만 판매하는데, 아무리 고급스러운 옷을 입어도 평범한 학생에게는 표를 내주지 않는다. 단연 학생뿐이라면 객실 승무원도 의심할 수밖에 없다. 그걸로 곤욕을 치르는 게 바로 '해명 이벤트'다.

나는 귀족 자제임을 증명하는 왕립 마법 학교의 교복과

공헌 훈장을 보여줘서 그 이벤트의 싹을 잘라 버릴 생각이다.

"이렇게 쾌적한 여행이 있다는 건 처음 알았어요. 여기 식당칸도 있었죠?"

"그런 것 같아. 화장실, 메이크업룸, 샤워실까지 있나 보네. 대단한걸."

"이렇게까지 극진한 서비스를 받으면서 20시간 만에 고향 근처까지 갈 수 있다니, 정말 최고예요!"

"그렇지……."

피네는 승차할 때 나눠준 팸플릿을 읽으면서 신이 나서 떠들었지만, 나는 20시간이라는 말에 숨이 턱 막혔다.

이 세계의 장거리 이동은 고속 마차를 타도 기본 며칠은 걸린다. 그나마도 승차감이 나쁘고 도적을 만날 위험이 있으므로, 귀족들은 마차를 타고 멀리 나가는 걸 좋아하지 않는다. 그렇기에 불편을 감수하고 마차에 오르는 건 대체로 평민이었다.

그런데 마법 열차를 타면 국내 어디든 3일 이내에 도착할 수 있다. 심지어 훨씬 쾌적하니, 그야말로 역사를 바꿀 발명품이었다.

하지만 철도 오타쿠도 아니고, 고속철도의 시대를 살던 내게는 20시간이란 너무나도 고된 이동이었다.

더 큰 문제는 이 마법 열차는 침대 열차가 아니라서 잘 수 없다는 점이다.

일등칸 승객이 더 탈지 어떨지 모르는 이상, 멋대로 다른 시트를 간이침대로 삼을 수는 없는 노릇이다.

'한나절 이상 앉아 있는 것도 고역이네. 그나마 다리를 뻗을 수 있으니, 다른 칸 승객들보다는 나은 처지라지만…….'

갑자기 두통과 위 속의 내용물이 목구멍으로 역류하는 느낌이 들어서 나도 모르게 손으로 이마를 짚었다.

진동이 심한 마차나 삼등칸을 선택했다면 지금쯤 대참사가 벌어졌을 거다.

지끈거리는 머리로 이런 생각을 하면서, 천진난만하게 창밖을 바라보는 피네의 어깨를 톡톡 두드렸다.

"저기, 피네…… 잠깐……."

"네? 앗, 애쉬 님! 얼굴이 창백해요!"

아니나 다를까, 피네가 내 창백한 얼굴을 보고 깜짝 놀랐다.

"멀미가……."

"멀미요?! 제 마법이 멀미에도 효과가 있을지는 저도 잘……."

"일단 걸어봐. 안 되면 화장실로 달려가야 하니깐……."

"아, 알겠어요!"

피네가 허둥지둥 나에게 성마법을 사용했다.

그러자 현기증, 식은땀, 구토감 등이 점차 사라졌다.

"괜찮으세요……?"

"다행히 효과가 있나 봐. 하지만 아마 다시 심해질 테니까 한 시간마다 부탁할게."

"알겠어요. 한 시간마다 해드릴게요!"

"응, 미안하지만 부탁해……."

나는 피네의 밝은 목소리를 BGM으로 조금이라도 멀미에서 벗어나고자 먼 풍경을 바라보았다.

끝없이 펼쳐진 드넓은 초원과 드문드문 보이는 약한 몬스터가 전부였지만, 그래도 이번 생의 대부분을 수도에서 살아온 나에게는 무척 신선한 풍경이었다.

멀미만 없으면 더 좋았을 텐데…….

"피네, 식당칸에 물을 가지러 갈 건데, 넌 어떻게 할래?"

"그러면 저도 같이 갈게요! 어떤 음식이 있는지 궁금해요!"

하아, 피네의 건강한 몸이 부럽다.

누더기를 걸친 채 흠뻑 젖어 있던 그때와 비교하면 정말 많이 밝아졌다.

멀미가 나지 않도록 창밖으로 먼 곳을 바라보며 식당칸으로 가려는 순간, 일등칸 문 가까이에 앉아 있던 귀족 소녀의 안색 나쁜 게 눈에 들어왔다.

"몸이 안 좋아 보이는데, 무슨 일이세요?"

피네가 묻자, 챙이 넓은 모자로 눈가를 가린 젊은 부인이 소녀를 자기 무릎에 눕힌 채 불안스레 대답했다.

"아이가 속이 울렁거린다네요……."

귀족 사회에서도 마법 열차는 아직 생소한 문물이다. 그런 가운데 열차를 탔는데 아이의 몸 상태가 안 좋아졌으니 얼마나 불안하겠는가.

"아이의 손을 좀 잡아도 될까요?"

"아, 네, 그러세요……."

"그럼 실례하겠습니다."

피네는 눈을 감고, 괴로운 듯 숨을 헐떡이는 소녀의 손을 다정하게 잡더니 '성마법'을 시전한다.

소녀의 안색이 금방 좋아지고, 호흡이 안정되었다.

"당분간은 괜찮을 거예요. 혹 상태가 다시 나빠지면 알려주세요."

"가, 감사합니다!"

피네의 말에 부인이 연신 고개를 숙이며 예를 표한다.

'……?'

그때 언뜻 부인의 얼굴이 보였는데, 왠지 낯익었다. 그러나 떠오르는 인물은 없었다.

'누구랑 착각했나 보군.'

나는 생각을 털어내고 피네와 함께 식당칸으로 향했다.

——끼이이이익!

"으악?!"

"꺄악!"

"뭐, 뭐야?!"

수도를 출발하고 한나절쯤 지났을 무렵.

피네에게 반복해서 '성마법'으로 치료받으며 한심한 꼴로 버티던 도중, 열차가 날카로운 쇳소리를 내며 급정거했다.

뭐지? 몬스터와 충돌했나? 아니면 인명 사고? 그것도 아니면 차량에 문제가 생겼나?

갑작스러운 사태에 경계하자, 피네가 내 옷자락을 꼭 붙잡았다.

매우 긴장한 표정으로 눈을 감는 모습에서 두려움이 고스란히 전해졌다.

"괜찮아. 무슨 일이 벌어져도 내가 반드시 지켜줄게."

"……네."

나는 피네를 진정시키기 위해 머리를 쓰다듬었다.

"뭐, 뭐야 당신들!"

"닥쳐! 조용히 하란 말 안 들려?!"

문득 뒤 칸에서 고함과 함께 물건이 부서지는 소리가 들렸다.

"날아간다~!"

그런 경박한 목소리와 동시에 가슴을 베인 열차 호위병이 문을 부수며 일등칸으로 날아왔다.

"오, 여기 뭐야? 꽤 멋진 곳인데……!"

"아무거나 뜯어가도 돈이 되겠어!"

"야, 너희. 그런 푼돈이 지금 눈에 들어와? 저 귀족들한테 얼마나 뜯어낼 수 있을지를 생각해 봐라."

누더기를 걸치고 후드로 얼굴을 가린 남녀 3인조가 부서진 문을 통해 일등칸으로 들어왔다.

그들은 손에 채찍이나 삽을 들고 있었는데, 그걸로 승객들을 위협했다.

"이 강도가!"

누더기를 걸친 여자가 호위병의 가슴을 밟는 것을 보고 다른 호위병이 흥분해서 검을 뽑았다.

"그거 아직 남았지? 나중에 반납할 바엔 차라리 여기서 다 쓰자고!"

"헤헤! 안 그래도 그럴 생각이었어, 누님!"

여자의 말에 똘마니가 품속에서 이상한 색깔의 달걀 같은 물건을 꺼내 호위병의 발밑에 던졌다.

달걀은 보라색 연기를 뿜으면서 거대한 식물형 몬스터 '길티 플라워'로 변신하더니 덩굴을 휘둘러 호위병이 들고 있던 검을 단번에 날려버렸다.

"크큭, 봤지? 이제 이 열차는 우리가 지배한다. 목숨이 아깝거든 빨리 값나가는 것들을 내놔!"

여자는 채찍을 휘두르면서 우리를 위협했다.

"애쉬 님, 어쩌죠?"

원흉이 인간인 걸 알고 진정이 됐는지, 피네가 기운을 차렸다.

"어쩌긴. 값나가는 물건을 내놓는다고 정말 목숨을 살려준다는 보장도 없잖아. 당연히 싸워야지. 난 저 몬스터랑 강도를 맡을게. 피네는 다친 사람을 부탁해."

"네!"

시트에 숨어 상황을 확인한 나는, 이 정도는 간단히 쓰러뜨릴 수 있겠다고 판단하고 행동을 시작했다.

'다행히 지금은 열차가 멈춰 있으니 멀미 걱정도 없다고!'

"우선 거기 모자 쓴 여자부터…… 어이, 애송이! 멋대로 움직이지── 크악?!"

나는 가까이에 있던 왜소한 체구의 남자를 향해 달려가, 그 녀석의 팔 관절을 탈구시키고 무기를 빼앗았다.

"쯧, 반항하기는!"

여자가 혀를 차면서 몬스터에게 채찍을 휘둘러 나를 공격하도록 내몰았다.

『GAAAAAAAA!』

길티 플라워가 장미처럼 생긴 머리에서 독액을 발사했다.

나는 그것을 바람 마법 '실드 토네이도'로 튕겨냈다.

"하압!"

『AAAAAAAAA!!』

그리고 나는 바닥을 뒹굴고 있던 호신용 검을 들어 '길티 플라워'를 절단했다.

"뭣?! 이런 실력자가 있다는 말은 없었잖아?!"

"누님, 이거 어떻게 합니까?!"

"뭘 어떻게 해! 어차피 뒤는 없어! 남은 거 전부 써! 어떻게든 저 녀석을 처리해!"

"네!"

또 다른 똘마니가 주머니에서 달걀 같은 것을 바닥에 던졌다.

그것들은 다양한 식물형, 곤충형 몬스터가 되더니, 일제히 나를 향해 달려들었다.

언뜻 보기에 몬스터의 평균 레벨은 15~20 정도. 일개 도적이 부릴 레벨이 아니다.

'이놈들을 지원하는 녀석이 있군. 최소 하나는 살려놓고 정보를 캐야겠어…….'

『?』

가장 먼저 이변을 눈치챈 것은 몬스터 무리 중심부에 있는 녀석들이었다.

놈들은 아무리 발을 움직여도 나와의 거리가 줄지 않는 걸 깨닫고 자신의 발밑을 보았다.

"이 자식들, 빨리 안 가?!"

몬스터들이 제자리에 멈춰 있자, 여자가 가까이에 있는

몬스터를 채찍질했다.

그러다 그녀도 깨달았다.

마법진 '윈드 록'이 이들을 끌어당기고 있다는 것을.

"뭐, 뭐야 이거?!"

"으악, 내 몸 함부로 만지지 마!"

도적들은 윈드 록에 끌려가 몬스터들과 한 덩어리가 되어 얽혀버렸다.

"마무리."

마지막으로 나는 그들의 머리 위에 작은 뇌운을 발생시켜 뇌격을 쏨으로써 열차 강도들과 몬스터를 한꺼번에 무력화시켰다.

"여긴 끝났고. 어디, 숨은 놈이 없는지 찾아볼까."

나는 중얼거리며 남은 열차 강도들을 붙잡기 위해 다른 칸으로 향했다.

※ ※ ※

"애쉬 레벤 바이스 님, 피네 슈타우트 님. 도와주셔서 정말 감사합니다."

습격으로부터 한 시간 뒤.

전의를 상실한 도적들을 한 놈씩 꽁꽁 결박하고 마법 열차는 다시 이동을 시작했다. 그렇게 목적지에 도착한 우리는 도적을 연행하러 온 자경단과 철도경비대 그리고 역장과 마을 영주에게까지 감사받고 악수까지 요청받는 등 정신없는 대접을 받았다.

참고로 18명의 도적과 다친 호위병들은 피네의 성마법 덕분에 전원 무사했다. 물론 도적들은 차라리 여기서 죽는 게 나았겠다 싶은 경험을 하게 되겠지만.

"휴, 겨우 해방됐네……."

"열차 여행이 더 피곤할 줄은 몰랐네요……."

우리는 축하연에 끌려갈 뻔한 것을 "사례는 나중에 받겠습니다"라는 말로 물리치고 일등칸 승객을 위해 임시로 마련된 영내 최고급 여관으로 도망쳤다.

나와 피네는 입구 벤치에 앉아 숨을 돌렸다.

그들이 우리를 지나치게 띄워주는 이유는 담당 구역에서 마법 열차가 습격당한 실태를 우리의 소문으로 덮으려는 술책이다. 물론 그런 건 우리가 알 바 아니다.

그때 익숙한 목소리가 들렸다.

"저기, 학생, 잠깐 괜찮아요?"

일등칸에 타고 있던 그 모녀였다. 그러고 보니 이 두 사람도 일등칸 승객이니 여기 묵겠구나.

"무슨 일이죠?"

"감사를 전하고 싶어서요. 두 분의 용기 덕분에 무사할 수 있었어요. 정말 고마워요."

"아닙니다. 다치신 덴 없으세요?"

"네. 저도 이 아이도 다친 덴 없어요."

"다행이네요."

이 사람, 역시 어딘가에서 본 적이 있는 것 같은데.

직접 만난 건 아니다. 화면, 아니 화상 너머로 만났을 뿐이라고나 할지 봤다고나 할지…….

"두 분은 왕립 마법 학교의 학생이죠? 얼마 전에 폐점했지만, 수도에서 의상실을 경영했었어요. 팔다 남은 것이긴 하지만, 혹시 옷이나 옷감이 필요하면 얼마든지 선물할게요."

"저기, 그게……."

"어머, 내 정신 좀 봐. 아직 제 소개도 안 했네요."

어떻게 대답해야 할지 몰라 우물쭈물하는데, 부인이 모자를 벗고 자신과 딸의 이름을 밝혔다.

"전 카를라 레벤이라고 합니다. 이 아이는 아이샤 레벤이고요. 도와주셔서 감사합니다."

그 말을 듣고 나는 열차에서 내린 지 한참 됐건만, 나는 다시 멀미를 느꼈다.

'레벤'. 그렇다. 이들은 내 형인 '카를 레벤'의 아내와 딸이었다.

다시 말하지만 나는 부모나 형제와는 대부분 편지로 연락을 주고받았다. 그들의 얼굴을 본 건 "나에게 전생의 기억이 있다"는 것조차 자각할 수 없을 만큼 어렸을 때뿐이다.

말이 가족이지 사실상 타인이나 다를 게 없다.

그러나 애석하게도 이 몸에 흐르는 피가 그들과 같다는 사실은 어쩔 도리가 없다.

아무리 부정해도 말이다.

※ ※ ※

"카를라 레벤 씨, 그리고 아이샤 레벤 양……."

설마, 설마 이런 곳에서 형수님과 조카를 만날 줄이야. 인생은 무슨 일이 일어날지 모른다더니.

게임 세계에서 전생한 시점에서 이미 새삼스러운 일이지만…….

다행인지 아닌지 모르겠지만, 상대방은 내가 시동생이자 삼촌인 걸 모르는 것 같았다.

"저는 애, 애쉬 바이스입니다. 그리고 이쪽은——."

"피네 슈타우트입니다. 카를라 씨, 아이샤, 잘 부탁드려요."

순간적으로 레벤이라는 성을 감추려다 보니 혀가 꼬이고 말았다.

피네는 내가 의도적으로 이름을 감춘 걸 깨닫고는 내 손을 잡으면서 자연스럽게 인사했다.

"죄송하지만, 저희도 오늘은 좀 피곤해서요. 일부러 찾아오셨는데 죄송합니다만, 방에서 먼저 쉬어도 될까요?"

"아, 제 생각만 했네요. 죄송해요. 인연이 있으면 또 뵙죠."

피네는 대화를 마무리 짓고 나를 부축하여 여관의 침실로 향했다.

"성마법을 걸어드렸으니 좀 나아질 거예요. 무슨 일 생기면 언제든 제 방으로 오세요. 그럼."

그녀는 더 캐묻지 않고 다정한 목소리로 이렇게 말하고는 방을 나갔다.

혼자가 된 나는 그대로 침대에 누워 마음을 진정시키기 위해 심호흡을 반복했다.

설마 여기서 레벤가와 관련 있는 사람을 만날 줄이야.

설마 본가에서 내가 카가토 마을에 간다는 것을 알고 사람을 보낸 건가?

아니, 그건 억측이다. 열차를 타고 피네의 고향에 가자고 정한 것은 전부 즉석이었다. 내 행동을 알고 대응하는 건 불가능하다.

그렇다면 카를라 씨는 왜 여기 있지?

'그러고 보면 레벤가의 작위를 내세우지도 않았었지.'

이 나라에서 귀족의 작위를 내세워서 생기는 불이익은 사실상 없다. 그래봤자 귀족 대우를 받을 뿐이니까.

그런데도 그 사람은 신분을 감추었다. 아무리 레벤가가 마이너 약소 귀족이라고는 해도, 굳이 그럴 필요는 없다.

그 레벤가 사람들의 성격을 생각하면 떠오르는 가능성이 하나 있긴 한데——.

"……잠이나 자자."

어차피 그 두 사람과는 이 도시에서 헤어진다.

우리는 예정대로 카가토 마을로 향할 거다.

나는 쓸데없는 생각으로 괜히 더 피곤해지지 않도록 그대로 눈꺼풀을 닫았다.

다음 날, 우리는 대형 마차를 타고 카가토 마을로 향했다.

나무 사이로 매미 소리가 들렸다. 슬슬 여름의 열기가 올라올 시기지만, 주변의 나무가 햇볕을 막아줘서 별로 덥지는 않았다.

멀미는 여전했지만.

그러나 지금 내 관심은 피네가 아닌 동승자에게 쏠려 있다.

"아이샤는 그림을 잘 그리네!"

"응, 그림 그리기는 줄곧 해왔으니까."

"목적지가 같은 줄은 몰랐어요. 엄청난 우연이네요."

"하하하. 그렇네요……."

그리 덥지도 않건만, 초조함에 식은땀은 쉴 새 없이 흘렀다.

설마 카를라 모녀의 목적지도 카가토 마을이었다니……!

특별한 것도 없는 그 마을에 대체 무슨 볼일이 있단 말인가? 그곳은 관광지도 아니고 종교적인 성지가 있는 것도 아니다.

상황이 꼬인 걸 눈치챈 피네가 마차에 오르기 전에 걱정스럽게 괜찮냐고 물어보았지만, 나는 무슨 일이 생기면 곧바로 도움을 청하겠다고 말할 수밖에 없었다.

한심하기 그지없지만, 지금 나는 정신적인 여유가 조금도 없었다.

나는 몹시 피곤한 티를 내며 등받이에 기대어 빨리 이 시간이 끝나기를 간절히 기도했다.

"언니, 카가토 마을에 대해 잘 알아?"

"응! 카가토 마을이 내가 태어난 고향이거든!"

이런 생각을 하는데 피네와 아이샤의 대화가 들렸다.

"그럼 불행한 사람을 도와주거나 이끌어 주는 집도 알겠네?"

"으응……? 혹시 카가토 교회 말하는 거야?"

"맞아, 거기! 나랑 엄마도 거기에 도움을 구하러 가는 거야."

"아이샤! 엄마가 그 이야기는 하면 안 된다고 했잖니!"

그 순간, 방금까지 온화한 미소를 짓고 있던 카를라 씨가 돌변하며 아이샤를 큰 소리로 꾸짖었다.

"어, 엄마, 죄, 죄송해요."

"엄마도 갑자기 화내서 미안해. ……두 분께도, 갑자기 큰 소리를 내서 죄송해요."

아이샤가 겁먹은 표정으로 사과하자, 그것을 본 카를라 씨는 아차 하는 표정으로 우리와 아이샤에게 사과했다.

"아닙니다. 신경 쓰지 마세요."

"……고마워요."

카를라 씨가 다시 우리에게 머리를 숙였다.

마차 안은 순식간에 정적에 휩싸였다.

이 세계에서 교회는 일본의 '절연사(絶緣寺)'와 같은 측면도 갖고 있다.

남편과 이혼하고 싶은 여성을 보호하면서 교회가 나서서 조정을 하는데, 그래도 관계가 회복되지 않아 처지가 위태로우면 성직자로 들여 3년간 수행시킨다. 여성은 그 기간이 끝나면 자유의 몸이 된다.

남편은 아내를 강제로 데리고 갈 수 없으며, 조정을 위한 소환은 강제이다. 또한 자유의 몸이 된 전 아내와의 접촉은 교회의 허가가 없으면 불가능하다.

그야말로 결혼으로 불행해진 여성의 마지막 도피처인 셈이다.

아이샤의 "도움을 구하러"가 그것을 의미하는 거라면, 나로서는 더 골치 아픈 상황이다.

이제는 영영 풀네임을 밝힐 수 없게 됐다.

이 어색한 분위기를 깨기 위해 피네가 한층 밝은 목소리로 말했다.

"아! 여러분, 카가토 마을이 보이기 시작했어요!"

그녀가 가리킨 곳에 있는 것은 게임과 똑같이 목가적인 분위기에 둘러싸인 작은 마을이다.

수도처럼 편리한 시설은 없지만, 주민과 아이들 모두 밝게 웃는 얼굴이었다. 평화라는 단어가 매우 잘 어울리는 광경이었다.

이곳이 피네의 고향. 그리고 일찍이 성녀 클리어와 용사 아론이 사랑을 맹세한 땅이자, 태초에 '성여신 메이어'가 강림했던 진정한 성지——.

'성녀가 태어난 마을, 카가토 마을인가…….'

"카를라 씨, 아이샤 양, 기다리고 있었습니다. 오시느라 힘드셨죠? 오늘 밤은 숙소에서 푹 쉬세요."

"마음 써주셔서 감사합니다, 수녀님. 아이샤, 너도 인사해야지."

"잘 부탁드립니다, 수녀님."

카가토 마을에 도착해 마차에서 내린 지 십여 분.

피네가 자란 고아원에서 조금 떨어진 곳에 있는 3층짜리 교회 앞에, 젊은 수녀가 카를라 모녀를 마중 나와 있었다.

"그리고 피네! 할머니는 고아원 뒷밭에 계셔! 가서 인사드려!"

"알았어, 언니! 애쉬 님, 고아원까지 안내할게요!"

"그래, 부탁해."

수녀가 피네에게 친근한 말투로 말하자, 피네도 웃는 얼굴로 대답했다. 피네는 내 손을 잡아끌고 원작에서 수없이 봤던 고아원으로 향했다.

피네는 잔뜩 흥분했다는 표현이 과장이 아닐 정도로 기분이 좋아 보였다.

얼마 전까지 누구에게도 도움을 구하지 못하고 왕립 마법 학교에서 괴롭힘을 당했으니 그럴 만도 했다.

이 반응을 보건대 작년에는 찾아오지 못했던 것 같다. 오랜만에 고향과 고아원 가족들을 만나니, 피네는 얼마나 그립고도 행복할까.

가족이라…….

"앗! 피네 언니!"

"누나, 같이 놀자!"

"언니랑 내가 먼저 놀 거야!"

"자, 잠깐! 언니는 장난감이 아니야!"

우리가 고아원에 도착하자 아이들이 피네에게 우르르 달려와 안겼다. 피네도 아이들을 웃는 얼굴로 안아주었다. 그중에는 자기랑 놀아달라고 피네의 손을 잡아끄는 아이도 있었다. 난처해 보이지만, 당사자는 주의를 주면서도 어딘지 기뻐 보였다.

……낯선 이방인은 퇴장하는 게 좋겠군.

"피네, 잠깐 마을을 산책하고 올게. 좀 구경하고 싶어서."

"아, 그러면 제가 안내를——."

"그렇게 멀리 가지 않을 거니까 괜찮아. 피네는 아이들이랑 놀아줘."

"아, 알겠어요."

나는 등을 돌리면서 가볍게 손을 흔들었다. 그리고 고아원 아이들에게 에워싸인 피네를 두고 마을 쪽으로 걸어가려고 했다.

그때.

"어머나, 애들이 왜 이렇게 소란스럽나 했더니, 네가 와 있었구나."

게임을 몇 번이나 주회하면서 무비 등에서 수없이 들었던 노파의 목소리가 들렸다.

뒤를 돌아보니 농사용 작업복을 입은 백발의 자그마한

노파가 있었다.

"할머—— 마더 힐다, 저 왔어요."

"후후후, 그렇게 낯설게 부를 것 없다, 피네. 평소처럼 할머니라고 부르렴."

"……응! 나 왔어요, 할머니!"

"잘 왔다. 우리 귀여운 피네."

노파를 발견한 피네는 조금 주저하더니 노파의 다정한 말투에 눈물을 글썽거리며 와락 안겼다.

피네가 주저한 이유는 명령을 어기고 외부인에게 성마법을 쓴 것, 그리고 학교에서 소동을 일으켜 아이들과 노파의 터전이 없어질 뻔한 것에 대한 미안함으로 마음이 불안했기 때문이리라.

그러나 노파는 아무 일도 없었다는 듯이 평소처럼 온화한 태도로 대해주었다.

그 다정함이 피네에게 얼마나 위안이 되었을까.

피네를 꼭 안아준 노파는 내 쪽을 돌아보고 미안한 표정으로 고개를 숙였다.

"인사가 늦어서 미안해요. 전 이 고아원의 원장인 힐다 라레시아라고 해요."

"……애쉬 바이스입니다. 잘 부탁드립니다."

마더 힐다는 미소를 지은 채 주름진 손으로 내 손을 꼭 잡았다.

"피네의 편지에서 보았어요. 학원에서 여러 가지로 도와주셨다고요."

……엉?

"당신의 정직함과 다정함은 편지로도 느꼈지만, 이렇게 직접 만나보니 제가 상상했던 것보다 더 선량한 분 같군요."

"가, 감사합니다."

"당신에게 할 말이 있어요. 오늘 밤 교회로 혼자 와주시겠어요?"

뭣?! 아니, 잠깐! 이 대사는──!

"……피네에 대해 아주 중요한 이야기가 있어요."

게임에서 공략 루트 해금을 알리는 대사가 아닌가……!

'이게 무슨 일이야…….'

결국 마더 힐다의 부탁을 거절하지 못했다.

나는 일단은 피네와의 재회를 방해하고 싶지 않다고 적당히 둘러대고 빠져나와 마을의 거리를 정처 없이 걸었다.

《인연야회》의 공통 루트에서는 마왕군의 첨병을 격파하고 여름방학에 접어든 후, 공략 대상 캐릭터의 호감도가 일정 수준에 도달하면 마더 힐다의 대사를 기점으로 공략 루트가 해금된다.

그러나 나는 마왕군의 첨병을 쓰러뜨린 적이 없다. 즉 필수 플래그가 부족하다.

그런데 왜 마더 힐다가 그런 대사를 내게?

음, 전혀 모르겠다.

피네에 대한 나의 인식도 처음 만났을 때와 크게 달라지지 않았는데…….

내가 아는 사람 중에서는 가장 의지하고 신용하지만.

"앗."

"어?"

이런 생각을 하면서 걷는데 마을 잡화점 앞에서 아이샤와 마주쳤다.

한 손에 돈을 쥐는 것으로 보아 쇼핑을 하러 온 모양이다. 쇼핑이 아니면 가게에 올 이유가 또 뭐가 있겠느냐마는.

"엄마는?"

"수녀님들이랑 중요한 이야기가 있대. 이곳은 착한 사람들만 있어서 혼자 돌아다녀도 괜찮다고 하길래 쇼핑하러 왔어."

"그렇구나."

확실히 이 마을은 마냥 착한 사람들뿐이다.

어린 소녀를 붙잡아 능욕하려는 사람은 없으리라.

그러나 아이가 혼자 돌아다니는 건 역시 신경 쓰인다.

"오빠는 뭐 하러 왔어?"

"나는……."

화기애애한 분위기를 견딜 수 없어서 도망친 거지만, 솔직하게 말할 수는 없다.

아, 그렇지.

"좀 일찍 기념품을 사러 왔어."

"그렇구나. 그럼 같이 들어갈래?"

같이 들어가는 게 무슨 의미인가 싶지만, 혼자 있으면 우울해질 것 같아서 아이샤의 제안에 따르기로 했다.

"오빠도 참!"

"왜?"

"이럴 때는 손을 잡아줘야지. 빨리."

"아, 그런 거야?"

그리하여 나는 아이샤의 손에 끌려 잡화점에 들어갔다.

"어서 오세요! 어이쿠, 두 분 다 못 보던 얼굴인데? 관광객이신가?"

잡화점에 들어가서 한 바퀴 둘러보는데 우락부락한 대머리 남자가 호탕하게 웃으면서 우리에게 말을 걸었다.

게임에서는 NPC를 돌려썼기 때문에 미처 몰랐는데, 이 가게 주인은 이렇게 생겼었군.

"예, 그런 셈이죠."

"아하. 제 입으로 말하긴 뭣하지만, 이 마을은 아무것도 볼 게 없지 않습니까?"

"막상 보니 그렇지도 않던데요. 이 목가적인 분위기와 자연은 그리 흔한 게 아니거든요."

"전 태어나서 한 번도 이 마을을 나간 적이 없답니다. 이곳에 그런 가치가 있는 줄은 몰랐군요."

"한번 어딘가로 여행을 가보면 아저씨 고향이 얼마나 멋진 곳인지 알게 되실 거예요."

"그렇습니까……. 이런, 이렇게 수다만 떨다가 또 마누라한테 혼나겠군. 이야기에 장단을 맞춰줘서 고맙습니다."

"뭘요."

주인과 이런 잡담을 나누면서 나는 레어 아이템이 놓인 진열장으로 향한다.

진열장 위에 기념품처럼 잔뜩 놓인, 얼핏 보기에는 차탈회위크*의 여신상처럼 생긴 목상이 바로 '성여신'을 강화하는 특수 재료, '태초의 성여신상'이다. 이건 오직 지금밖에 살 수 없다.

필수 아이템은 아니지만, 이것이 있으면 이후 공략이 훨씬 수월해진다.

나는 초회차를 클리어하고 나서야 인터넷에서 이 아이템의 존재를 알았다. 2회차에서 입수하여 효과를 봤을 때는 초회차의 고생이 후회스럽게 느껴질 정도였다.

"오빠, 그런 걸 사게?"

상념에 빠져있자니 아이샤가 물었다.

"음, 이 목상에서 남모를 역사가 느껴져서 말이지."

"……흐음?"

*튀르키예에 있는 신석기 시대 도시 유적.

"아이샤는 뭘 살 거야?"

"이거."

아이샤가 나에게 내민 것은 크레파스 세트였다.

그러고 보니 피네와 대화했을 때 그림 그리기를 좋아한다고 했었지.

"그림 그리는 거 좋아해?"

"응. 집에서는 이것밖에 할 게 없었어—— 앗."

여기까지 말하고 아이샤는 아차 하며 입을 손으로 막는다.

……역시 이 아이는 집이나 가족에 대해 발설하면 안 된다는 주의를 들은 모양이다.

"다른 사람한테는 말하면 안 돼. 엄마한테도……."

"걱정하지 마. 아무한테도 말 안 할게."

나는 최대한 부드럽게 웃는 얼굴로 이렇게 말하면서 아이샤의 머리를 쓰다듬어 주고 '태초의 성여신상'을 카운터로 가져갔다.

"계산이요."

"네! ……손님, 그거 정말 사시게요?"

"예. 진열장에 있길래 마을 특산품인 줄 알았는데요."

"아…… 부, 부끄럽습니다만 그건 전에 산에 버섯을 따러 갔을 때 흙 속에서 발견한 겁니다. 뭔가 묘하게 귀해 보여서 진열장에 올려놓았지요. 하하하."

"저런. 파는 물건이 아니었군요."

"뭐, 그렇지요……."

주인의 말에 의하자면, 우연히 발견한 귀해 보이는 조각상을 부적의 용도로 올려놓았다는 것인가. 그러고 보니 가격표도 붙어 있지 않았다.

만일에 대비해 챙기고 싶었는데, 파는 물건이 아니라면 어쩔 도리가 없다. 피네가 여기에 있었다면 팔아줬을지도 모르지만.

……잠깐. 게임에서는 이것에 가격표가 달려 있었고, 애초에 부적이라기엔 숫자가 너무 많다. 거기다 자세히 보니 발굴품이라기보다는 바로 최근에 장인이 손수 제작한 물건이다.

"아저씨, 팔고 싶지 않으면 집에 두면 되잖아요? 그리고 부적이 왜 그렇게 많이 필요하죠?"

그때 아이샤가 주인에게 이상하다는 표정으로 이렇게 묻는다.

"앗, 아. 드, 듣고 보니 그렇네……."

아이샤의 질문에 주인은 이마에 땀을 흘리면서 횡설수설했다.

주인의 이 태도, 혹시…….

"아저씨, 사실은 외부인이라 팔지 않는 거 아니에요?"

"아니, 그게……."

"진실이 뭔데요?"

"끄응……."

무자비한 아이샤의 질문 공세에 주인의 얼굴이 하얗게 질린다.

그리고 더는 안 되겠는지 카운터에 두 손을 짚고 나에게 머리를 숙였다.

"죄송합니다! 그 조각상은 외부에서 온 분에게는 팔면 안 되게 되어 있어요!"

"……그게 이 마을의 규칙인가요?"

"실은, 이 조각상이 외부인의 손에 넘어가면 큰 사건이 벌어진다는 마을의 전설이 있어서 말이죠……. 촌장님과 수녀님이 허락한 분에게만 팔 수가 있습니다."

어쩐지. 게임에서 쇼핑을 한 사람은 촌장님과 수녀님으로부터 손녀딸처럼 사랑받는 여주인공인 피네다. 나처럼 생판 모르는 사람에게 순순히 팔아넘길 수는 없다는 것이리라.

게다가 이 목상은 성여신교의 교리에 반하는 것이기도 하다.

그런 이유면 어쩔 수 없군.

"알겠어요. 그럼 다른 추천은 없습니까?"

"이 펜던트는 어떠십니까?! 이 마을에서 가장 솜씨 좋은 대장장이가 만든 물건인데, 여성에게 선물하기에도 안성맞춤이죠! 저도 아내한테 고백할 때 이걸 썼답니다."

그러고 보니 상점 아이템에 이런 것도 있었지.

일단 장신구지만 능력은 없고 거의 플레이버 텍스트(그것도 별로 중요하지 않은)에 가깝기 때문에 돈이 남아돌면 사는 아이템 정도로 인식했었지만.

하지만 예쁘게 생겼으니, 피네나 이안, 그리고 요전 습격 사건 때 도움을 받았던 사라사한테 줘야겠다.

"이걸로 네 개 주세요. 얼마에요?"

"아닙니다! 손님한테는 큰 실례를 저지르고 말았으니, 선물로 드리죠. 정말 죄송합니다!"

"아, 그래도 돼요?"

주인의 말에 나도 모르게 목소리가 들뜬다. 가치가 있고 없고는 둘째치고, 공짜로 준다는데 고맙지 않을 리가 없다.

"그럼 감사히 받겠습니다."

"오늘은 정말 죄송했습니다!"

펜던트를 포장해서 나에게 건넨 후, 주인은 다시 머리를 숙인다.

"아저씨, 이 크레파스는 괜찮아요?"

"응. 그건 평범한 크레파스니까 괜찮단다, 꼬마 아가씨."

"그러면 이거 주세요."

"그것도 선물하마. 꼬마 아가씨한테도 거짓말을 했으니까."

"고맙습니다, 아저씨."

아이샤는 크레파스를 품에 꼭 안고 꾸벅 인사하고는 곧장 가게를 나가 교회 쪽으로 뛰어갔다.

이번에는 저 아이에게 도움을 받았군.

다음에 만나면 뭐라도 보답해야겠다.

'……하지만 형수님 쪽은 마주치기 껄끄러운데.'

이런 생각을 하면서 마을 광장으로 향한 나는 무엇을 하며 시간을 보낼지 고민한다.

"아! 애쉬 님!"

그때 매우 익숙한 목소리가 귀에 들어온다.

그쪽을 보니 고아원 아이들을 데리고 두 손에 커다란 여행 가방을 든 피네가 있었다.

"피네 언니의 남편이다!"

"아니야. 아직 누나의 남자친구라고 했어!"

이어서 아이들이 나를 가리키며 내가 피네의 남편이다, 피네의 남자친구다, 더 나아가 피네의 부군이다, 하고 깍깍대고 있다.

"너희……."

"이크, 피네 누나 화났다!"

"오빠, 도와줘!"

멋대로 지껄이고 있던 아이들이 호들갑을 떨면서 내 뒤에 숨었다.

……흠, 게임에서는 많이 봤지만, 이 세계에서 그녀의

저런 모습을 보는 건 처음이군.

"얘들아, 그건 비겁한…… 짓이야."

한편 피네는 아이들의 행동을 꾸짖으려 하지만, 내가 있어서 그런지 말꼬리가 흐려진다.

어쩔 수 없지. 내가 나서는 수밖에.

"얘들아, 사랑하는 피네를 만나서 기쁜 건 알겠지만, 너무 짓궂게 굴면 안 돼."

"""네~."""

"음, 좋아."

내가 괜히 위압감을 주지 않도록 주의하면서 아이들에게 당부하자 그들은 얌전히 이렇게 대답했다.

"으으…… 내가 주의를 줬을 때는 못 들은 척하면서 도망치더니……."

"피네 언니는 하나도 안 무서우니까 그렇지."

"마지막 한 방이 없다니까, 피네 누나는."

"그, 그렇지 않아. 전혀 동의할 수 없어……."

피네가 뾰로통한 얼굴로 이렇게 중얼거리자, 아이들이 키득키득 웃는다.

역시 이 아이들은 피네가 돌아와서 들떠 있다는 것과 피네는 이 마을에서 짓궂게 놀림을 당하는 역할인 것을 알 수 있다.

그건 그렇고.

"애들 데리고 어디 가는 거야?"

"근처 숲에 강이 있는데, 아이들을 거기서 놀게 해주려고요."

오, 강에서 물놀이라.

"그 강은 물고기도 잘 잡혀!"

"나무 열매도 잔뜩 있어! 가지고 오면 저녁 식탁이 풍성해져!"

"하지만 어른들은 우리끼리 가면 안 된다고 하고, 모두 바빠서 별로 갈 기회가 없어! 너무하지 않아?!"

아이들 입장에서는 친숙한 강에서 노는 것뿐인데 왠지 어른들은 아이들끼리 가지 말라고 한다. 이 나이대의 아이들이라면 불만을 품는 것도 당연하다.

그러나 강에서 논다는 것은 매우 위험한 일이고, 물에 빠진 아이를 구하려다 2차 피해가 발생할 가능성도 있다.

어른들은 그런 위험성을 알고 있거나 그런 사고를 목격한 적이 있기 때문에 아이들끼리 강에서 노는 것을 금지하는 것이리라.

"어른들의 충고는 새겨듣는 게 좋아. 그런 충고를 무시하면 언젠가 돌이킬 수 없는 일을 겪게 될 테니까."

"""……네."""

음, 좋아. 말귀를 잘 알아듣는 착한 아이들이군. 피네는 나에게만 얌전한 아이들에게 부글부글하고 있지만.

"그럼 이 아이들은 피네가 인솔하는 거야?"

"아, 네! 전 어른이니까요!"

……어른, 음, 사라사에 비하면 어른인가. 집안일도 할 줄 알고, 금전 감각도 있으니. 그리고 다소 어린애 같은 구석이 있는 어른도 많으니까.

"……그런데 피네 혼자 돌볼 수 있겠어?"

"괜찮아요. 학교에 입학하기 전부터 자주 하던 일이거든요! ……물놀이를 통솔하게 된 건 이번이 처음이지만."

마지막 한마디에 불안감이 밀려왔지만, 괜찮을까?

"애쉬 오빠도 같이 가!"

그때 한 소녀가 내 손을 잡고 천진난만하게 웃으면서 이렇게 말했다.

"그래요! 애쉬 님도 같이 가요! 경치도 좋고, 무엇보다 시원하거든요. 같이 가요!"

왠지 기분이 좋아진 피네도 손뼉을 치면서 나에게 이렇게 제안한다.

아니, 기분이 좋아진 게 아니라 이것이 피네의 본모습이겠지.

"그럼 그럴까?"

피네와 아이들이 환하게 웃으면서 내 손을 잡아끌었다.

이 마을에는 냉방용 마도구도 없고, 강에서 더위를 피하는 것도 정취가 있어 좋다.

“그거 무겁지? 들어줄게.”

“! 감사합니다!”

나는 피네에게서 여행 가방을 받아 그들과 동행하기로 했다.

“여기예요, 애쉬 님.”

그들을 따라서 도착한 곳은 나뭇가지 사이로 비치는 햇살이 반사되어 수면이 아름답게 반짝거리고, 투명한 강바닥에는 물고기들이 헤엄치는 무척 아름다운 강이었다.

주위에 자라난 나무들이 햇볕을 차단하고, 그 사이사이로 불어오는 바람도 상쾌하고 시원하다.

강의 깊이는 어린 애의 무릎 정도라 확실히 웬만해서는 사고가 일어날 것 같지 않다. 하지만 그렇다고 해서 방심할 수는 없다.

“1등이다!”

“난 2등!”

“아아! 치사해!”

도착하기가 무섭게 활발해 보이는 남자아이와 여자아이가 옷이 젖는 것도 개의치 않고 강으로 뛰어 들어가 물고기를 잡기 시작한다. 뒤늦게 머리가 긴 여자아이도 따라 들어간다.

“와~!”

"잡았다!"

한편 다른 곳에서는 아이들이 서로 물을 튀기며 노는 등 각자 자유롭게 물놀이를 즐기고 있다.

아아, 정말 훈훈한 광경이다. 의자가 있으면 느긋하게 낮잠을 잤을 텐데.

"애쉬 님, 돗자리 가지고 왔어요!"

그때 피네가 손을 크게 흔들면서 곧 버린대도 이상하지 않은 낡은 담요를 깔았음을 알린다.

"오, 좋은데, 피네."

"헤헷."

이 돌밭에 바로 앉을 수도 없고, 그렇다고 아이들이 다 놀 때까지 서서 기다리는 것도 힘드니까 말이다.

고맙게 앉도록 하자.

……음, 역시 돌의 울퉁불퉁한 감각은 완전히 없앨 수 없지만, 그래도 맨바닥에 앉는 것보다는 훨씬 낫다.

그런데.

"피네는 안 놀아?"

"저는 애들을 지켜봐야 하니까요……."

"그 정도는 내가 봐도 돼. 어서 다녀와."

"그럼 그럴까요…… 간닷!"

아까부터 몸을 근질대며 아이들을 쳐다보고 있던 피네가 활짝 웃으며 신발을 벗고 어린애처럼 강으로 달려간다.

"와! 피네 언니도 왔다!"

"앗, 피네 누나한테 물고기 다 뺏긴다!"

아이들도 신이 나서 물놀이를 즐긴다.

그런 조금은 시끄럽지만, 고즈넉한 풍경에 소중함을 느끼면서 나이에 걸맞은 웃음을 짓는 그들을 지켜보려 하는데——.

"꺄?!"

그 순간, 익숙한 목소리가 비명을 지른다.

무슨 일인가 하고 일어선 나는 목격한 광경에 시선을 어디에 둬야 할지 몰라 당황한다.

"헤헷! 피네 누나를 넘어뜨렸다!"

"난 몰라! 세 명이 한꺼번에 물을 튀기는 게 어딨어, 비겁하게!"

"피네 언니는 어른이니까 괜찮아."

그들은 어느새 물놀이를 시작했는데, 수적으로 불리한 피네가 수압을 견디지 못하고 넘어진 모양이다.

특별히 다친 곳은 없어 보이고, 머리를 부딪힌 것도 아니니 괜찮을 것이다.

"그럼 이건 어떠냐!"

"……저기, 피네!"

복수심에 불타는 피네는 옷이야 젖든 말든 아이들에게 마구 물을 끼얹고, 아이들도 더 신이 나서 피네에게 물을 끼얹는다.

그랬다. 그들은 완전히 놀이에 열중해서 자신들이 지금 어떤 꼴인지는 안중에도 없었다.

"피네……."

"앗, 애쉬 님? 왜 그렇게 안절부절못하세요?"

"저기, 머리카락이랑 옷이 그게, 그러니까……."

"? 그런데 거기 수건 없어요? 머리가 다 젖었는데……."

그제야 피네는 자신이 어떤 꼴인지 깨달은 모양이다.

그녀는 수영복이 아니라 흰색 미니 원피스에 샌들이라는 가벼운 차림이었다.

그런 상태에서 강물에 빠진 데다 서로 물을 튀기며 놀았으니 어떻게 되었겠는가.

"꺄, 꺄아아아아아악?!"

속옷까지 들여다보일 정도로 흠뻑 젖은 피네는 얼굴이 새빨개져서 비명을 질렀다.

"이, 일단 갈아입을 옷이 들어 있어서 다행이었어."

돌아가는 길, 여행 가방에 수건과 갈아입을 옷이 피네 것까지 들어 있어서, 물에 빠진 생쥐 꼴로 돌아가는 최악의 사태는 면했다.

피네가 신나게 놀다가 이 꼴이 되리라는 것을 고아원의 수녀님은 다 알고 계셨던 모양이다.

"으으, 나중에 분명 언니한테 혼날 거야……."

아이들이 즐겁게 조잘거리는 가운데, 피네는 잔뜩 풀이 죽어 있었다.

지금은 나에게 속옷을 보인 것을 신경 써야 할 때인 것 같지만, 지금 그런 말을 했다가는 화를 더 돋굴 것 같으니 잠자코 있기로 하자.

이런 생각을 하는데 고아원의 소년이 은빛으로 빛나는 뭔가를 가지고 왔다.

"애쉬 형, 이상한 게 떨어져 있었어."

"이상한 거?"

그것은 이상한 냄새가 나는 점액으로 뒤덮인 은화살이었다.

"피네, 이게 뭔지 알아?"

"으응? ……잘은 모르겠지만 응축된 성수 같은 것이 묻어 있네요."

성수? 어째서 그런 게 화살에?

"어이, 너희들! 괜찮아?!"

이상하게 생각하는데, 마을 쪽에서 잡화점 주인이 사색이 되어 이쪽으로 달려와서 물었다.

"저흰 괜찮아요. 무슨 일 있으세요?"

"아, 응. 아까 고아원에서 협박장이 발견됐거든. 그래서 모두 흩어져서 안부를 확인하는 중이야."

협박장?

"안에 뭐라고 쓰여 있었는지 아세요?"

"뭐라고 했더라, 종이에 '저주받은 창녀와 그 보물을 내놓아라. 그렇지 않으면 천벌이 내릴 것이다'라고 적혀 있고, 거기에 은화살이……."

그때, 잡화점 주인이 내가 쥔 화살을 보고 얼굴이 창백해지면서 이렇게 외쳤다.

"그, 그거야! 그 화살하고 똑같은 것에 협박장이 묶여 있었어!"

※ ※ ※

"중앙광장에 수상한 사람이나 몬스터는 없어. 우리는 모리스 씨의 목장을 둘러보고 올게."

"알았어. 우리는 다시 한번 고아원을 보고 올 테니까 무슨 일 있으면 즉시 발연탄을 써."

밤, 카가토 마을 주민 중 싸울 수 없는 사람은 피난소로 개방된 고아원과 교회에서 자고, 그 이외 다른 건물들에는 전부 불을 켜 놓았다. 그리고 자경단원들이 무기를 들고 그룹을 지어 큰 소리로 보고하면서 온 마을을 돌아다니는 등 뒤숭숭한 분위기였다.

병사는 한 사람도 없는 이름뿐인 자경단밖에 없는 마을

에서 협박장을 보낸 상대를 물리칠 수 있을지 걱정스러웠지만, 여차하면 내가 어떻게든 하면 될 것이다.

그런 마을의 풍경을 뒤로하고 고아원을 빠져나간 나는 교회로 발걸음을 서두른다.

"후우……."

나는 교회 뒷문 앞에 서서 크게 숨을 내뱉은 후 문을 연다.

"어서 오세요. 미안해요, 이럴 때 교회로 불러내서."

"괜찮습니다. 고아원에 있어도 불안해서 잠도 오지 않고, 딱히 할 것도 없었으니까요."

나를 기다리고 있던 사람은 낡은 촛대를 든 마더 힐다였다.

가볍게 인사를 나누고, 나는 마더 힐다를 따라 예배당으로 향한다.

"인사가 늦었지만, 낮에 아이들을 잘 돌봐줘서 정말 고마웠어요."

"뭘요. 피네의 소중한 친구들의 가족인걸요."

"소중한 친구들……. 그 애는 줄곧 이 마을을 떠난 적이 없어서 수도에 있는 학교에서 잘 지낼 수 있을지 걱정이었는데, 당신처럼 멋진 분과 친구가 되었다니 안심이에요."

예배당이 어두침침해서 마더 힐다의 표정은 보이지 않지만, 목소리는 안심하는 것처럼 들렸다.

그런 대화를 하는 사이에 촛불에 비친 성여신상이 시야에 들어온다.

이 여신상의 앞까지 왔다는 것은, 게임대로라면 그 이야기를 꺼낸다는 것이다.

마더 힐다는 품에서 은색 열쇠를 꺼내 성여신상의 받침대에 꽂아 넣었다.

그러자 받침대가 스르륵 움직이며 예배당 안쪽으로 살짝 이동하고, 그 대신 지하 공간으로 통하는 계단이 나타났다.

"당신이 알아야 할 것이 있어요. 피네의 그 힘의 원천과 그 아이를 기다리는 운명에 대해서."

계단을 내려간 끝에 있는 것은 두꺼운 책이 빼곡히 꽂힌 책장에 둘러싸인 지하실이었다. 그 안쪽에는 어떤 연구에 쓰였을 것으로 추정되는 책상과 의자가 놓여 있었다.

책들 사이사이에는 방습과 방충을 위해 설치한, 오래된 마도구들이 놓여있었다. 그것들이 풍기는 독특한 냄새가 코를 찔렀다.

"라크레시아 왕국의 건국 신화이기도 한 용사 전설에서, 용사님과 성녀님이 어떻게 되었는지 알고 계시는가요?"

"……용사님과 성녀님이요? 성여신 메이어님께 기도해 검으로 변신해서 마왕을 죽이고, 그 후에는 왕가의 보물 창고에서 영원한 안식을 취했다고 알고 있습니다만."

'태초의 성녀'로 알려진 클리어가 성여신에게 간절한 기도를 올리고 빛나는 보검이 되어 용사를 구했다.

용사는 황폐한 이 땅에 라크레시아 왕국을 세웠고, 그것이 지금에 이른다.

이것이 사람들이 아는 일반 상식이다.

그러나 때로 진실은 전해 내려오는 것과 크게 다른 경우도 있다.

"보통은 그렇게 알고 있죠. 하지만 사실은 전설과 조금 다릅니다. 용사 아론 님은 마왕을 토벌한 후 한적한 이곳에서 성녀님을 원래대로 돌려놓는 연구에 평생을 쓰셨어요. 왕국은 용사님과 함께 마왕을 토벌한 용사님의 동생과 검성, 그리고 현자가 세운 것이지요."

《인연야회》의 용사 전설에서는 용사 아론과 성녀 클리어의 활약에 특별히 초점이 맞춰져 있지만, 마왕 토벌 모험에는 용사 아론의 동생이자 견습 마법사인 '루오', 여검사이자 훗날 검성이라 불리는 '엘리', 루오의 스승이자 현자인 '우라노스'가 동행했었다.

그러나 마왕 토벌 후, 용사는 보검을 가지고 자취를 감추었고, 주인 없는 이 땅은 인간끼리의 분쟁에 놓였다.

상황이 이렇게 되자 루오는 역사에서 자신의 이름을 지우고 스스로 아론이 되어 이 땅을 다스리는 계획을 세운다.

다행인지 불행인지 용사 아론의 마왕 토벌 여행의 전모

를 아는 사람은 그들의 동료뿐이었고, 루오가 용사 파티에 참여한 것은 마왕성 공략 직전이었다.

루오는 아론과 용모가 비슷한 점을 이용해, 용사 파티 멤버들의 도움을 얻어 무난히 '구국의 영웅, 용사 아론'으로 둔갑했다.

그리고 새로운 전란이 일어나기 전, 이를 수습하고 라크레시아 왕국을 세웠다.

이것이 마더 힐다와의 대화 이벤트와 공식 자료집에서 밝히는 라크레시아 왕국 탄생의 이야기이다.

하지만 이런 왕국 역사의 뒷이야기를 들려주는 것이 목적이라면, 굳이 나를 이 비밀 지하실로 불러낼 이유는 없다.

"……그 이야기와 절 여기로 데리고 오신 게 무슨 관계가 있죠?"

"용사 아론 님은 아까도 말했다시피 보검과 함께 이 땅에 와서 고대의 마도서들을 연구해 그녀를 원래 모습으로 돌려놓으려고 했어요. 하지만 신구(神具)의 효과는 강력했고, 아론 님은 검에서 성녀의 힘을 빼내는 게 고작이었습니다. 그 힘은 성여신님이 총애하는 갓난아기에게 옮겨가 성마법을 부여하는 성질이 있었습니다. 그것을 안 아론 님은 보검을 동생에게 맡기고 자취를 감추셨죠."

마더 힐다는 책장에서 아름답게 만들어진 두꺼운 책을 꺼내 책상에 올려놓고 그것을 펼쳐서 어떤 페이지를 보여줬다.

“이 책에는 클리어님 이후에 태어난 역대 성녀들의 이름과 생애가 적혀 있습니다. 그리고 가장 마지막에 적힌 이름이 바로…… 피네이지요.”

거기에는 앳된 피네의 사진과 함께 고아원에 맡겨진 후 왕립 마법 학교에 입학할 때까지가 자세히 적혀있었다. 그러나 피네의 부모님에 관한 정보는 한 줄도 없고, 단지 “무덤에 방치되어 있던 어린아이를 보호했는데, 훗날 당대의 성녀임이 밝혀졌다”라는 기술이 전부였다.

“성녀로 태어난 자는 모두 왠지 몰라도 비슷한 용모를 지니고 있어요. 그래서 불륜으로 태어난 아이라고 의심받아 학대받거나 버려지는 경우가 많죠. 다행인지 불행인지 피네는 친부모에 대한 기억이 없어요. 하지만 전 더 이상 그 애가 ‘성녀’라는 이유로 불행해지지 않았으면 좋겠어요.”

마더 힐다는 책을 덮고 나에게 깊이 머리를 숙였다.

“부탁이에요. 그 애의, 피네의 좋은 친구가 되어주세요. 이게 제가 당신에게 드리는 유일한 부탁이에요.”

게임에서 처음 이 이벤트를 봤을 때, 피네의 기구한 운명에 나도 모르게 탄식이 나왔었다.

심지어 내가 여기서 만난 그녀는 이미 배드 엔딩을 맞이했다.

그것을 생각하니 마더 힐다의 이 부탁을 거절할 수 없었다.

"……알겠습니다. 그러니까 힐다 수녀님, 부디 고개를 드세요."

"아아, 정말 고마워요……."

마더 힐다는 눈물을 글썽거리면서 연신 고맙다고 말한다.

나는 그 말이 낯간지러우면서도 절대 피네를 배신하지 않겠다고 마음속으로 생각했다.

교회를 뒤로하고 수녀님에게 받은 랜턴으로 주위를 비추면서 피난소로 쓰이는 고아원으로 돌아가면서 마더 힐다와의 대화를 곱씹었다.

'……그런데 왜 내게 그 이벤트가 발생한 거지?'

물론 마더 힐다와의 약속을 어길 생각은 없고, 피네에게도 좋은 친구가 되어주고 싶다.

하지만 그 이벤트는 공략 루트의 해금을 알리는 것이다. 그런데 왜 공략 캐릭터도 아닌 나에게 발생한 걸까?

'대체 어떻게 된 건지 전혀 모르겠군.'

피곤한 상태로는 고민해도 답이 나올 것 같지 않았다.

오늘은 빨리 침대에서 쉬고, 나머지는 내일 생각하자. 그러는 게 좋겠다.

나는 내 이불이 준비된 고아원으로 향했다.

그때 문득 위화감을 느꼈다.

'……너무 조용한 거 아니야?'

아무 일도 없는 밤이라면 이런 적막감도 전혀 이상하지 않다. 하지만 오늘 밤은 협박장이 날아와 자경단이 삼엄하게 순찰하며 정기적으로 안전을 확인하기 위해 큰 소리로 점호하고 있었다.

그런데 지금은 부엉이와 벌레 우는 소리밖에 들리지 않는다.

게다가 시야를 밝히기 위해 켜 놓았던 민가의 불빛도 군데군데 꺼져 있다.

'……무기를 가져왔어야 했는데.'

성수 혹은 그 비슷한 것으로 코팅한 은화살을 쓴 것을 보면 상대는 악마나 몬스터가 아니라 인간이겠지만, 그래도 방심은 금물이다.

"……?"

상황을 확인하려고 마을 광장으로 다가가자, 커다란 물체 여럿이 바닥에 뒹구는 것이 보였다.

함정일 가능성을 고려하여 언제든 마법을 쏠 수 있도록 준비하고 신중하게 다가가 빛을 비추었다.

"으, 으윽……."

바닥을 뒹굴던 건 쓰러진 자경단 청년들이었다.

그들 모두 고통스러운 표정이었고, 팔다리도 생각대로 움직이지 않는지 일어나지 못했다.

명백히 이상 사태다. 당장 안전한 장소로 데리고 가서

치료해야 한다. 당장 회복용 포션은 가진 게 없으므로, 재빨리 피네를 찾아야 한다……!

"여기서 기다리세요. 곧 피네를 불러올 테니까."

나는 이렇게 말하고 고아원 쪽으로 달려가려고 했다.

"자, 잠깐…… 교회, 가……!"

그러나 가장 가까이에 쓰러져 있던 자경단 청년이 필사적으로 내 다리로 손을 뻗으며 잘 돌아가지도 않는 혀로 힘겹게 목소리를 쥐어짜 말했다.

"교회, 에…… 시커먼 놈이…… 우리를, 공격한 적이…… 갔어……."

"네?!"

"부탁, 해……. 우리, 는 괜찮으니까, 교회를……."

청년은 여기까지 말하고 힘이 다한 듯 움직임을 멈췄다.

황급히 상태를 확인하자, 의식을 잃었을 뿐 숨은 붙어 있었다. 그렇지만 이게 만일 모종의 중독 증상이라면 시간이 별로 없다. 서둘러 치료해야 한다.

하지만.

"……알았어요. 당장 적을 쓰러뜨리고 피네를 데리고 올게요."

어쩌면 내 목소리가 들리지 않을지도 모르지만, 의사표시를 겸해 이렇게 말하고 쓸 만한 무기와 그들이 부적 대신 갖고 있던 '태초의 성여신상'을 하나 빌려 교회로 향했다.

"모두 빨리 광장 쪽으로 달려가!"

"자경단 언니 오빠들이 반드시 구해줄 거야!"

"한발 늦었군……."

도착했을 때 교회 창문은 이미 깨졌고, 여기저기서 시커먼 연기가 피어오르고 있었다. 수녀님들은 혼란에 빠진 피난민들을 진정시키면서 자경단이 있는 마을 광장으로 가라고 지시를 내렸다.

그 수녀님들 가운데 피네가 언니라고 불렀던 여성의 모습을 발견하고 달려갔다.

"저기요! 무슨 일이 있었죠?!"

"당신은 낮에 봤던……. 갑자기 무기를 든 사람이 교회에 쳐들어와서는……."

질문을 던지자, 그 젊은 수녀는 혼란 중에 무슨 일이 있었는지 설명했다.

"교회에 있던 사람들은 모두 도망쳤나요?"

"……위층으로 도망친 사람들은 아직 나오지 못했어요. 마더 힐다도 어디에 계시는지 모르겠고요."

"알겠어요. 그분들은 제게 맡겨주세요. 수녀님은 이곳 사람들을 데리고 고아원으로 가세요."

"마을 광장에 자경단이 있을 거예요."

"안타깝지만 자경단은 이미 쓰러졌습니다. 우선은 고아원으로 피신하세요."

"아, 알겠어요……."

내가 자경단의 상황을 전달하자 수녀는 숨을 삼키며 사색이 된다.

그러나 지금은 피해가 늘어나지 않도록 더 정확한 정보를 전달하는 것이 중요하다.

"그리고 자경단의 치료해야 하니 광장으로 피네를 당장 보내주세요."

"아, 네!"

젊은 수녀는 이렇게 대답하고 내 말을 전달하기 위해 동료들 쪽으로 달려갔다.

그럼 나도 할 일을 해볼까.

'건물 안은 이미 연기로 가득하군……. 비교적 상태가 나은 2층으로 들어가야겠는데.'

나는 도움닫기를 해서 전력으로 도약하여 목표하던 2층 창문을 통해 건물 안으로 들어갔다.

착지한 곳은 복도였다. 앞뒤로 코너가 있었는데, 보이는 범위에는 나 말고는 아무도 없었다.

연기는 아직 2층까지 많이 올라오지 않은 듯했다. 그래봤자 조금만 지나면 금방 뒤덮이겠지만. 남은 사람들이 다치기 전에 합류해야 한다.

우선은 저 조각상을 스치듯이 마력을 쏘아서——.

"……?!"

내가 눈을 가린 것과 거의 동시에 여신상이 강렬한 섬광을 반사했다.

'지금이다!'

빛이 잦아들 타이밍을 노렸다가 바닥을 뒹구는 나무 방패를 주워 들고 코너를 향해 질주했다.

그곳에는 섬광에 당해 눈을 감싸고 비틀거리는 자가 있었다. 그는 검은 모자와 코트 차림에 머플러로 얼굴을 가리고 손에는 크로스보우를 쥐고 있었다.

"——!"

그자가 날 깨닫고 크로스보우를 난사했다. 대체 무슨 원리인지 대량의 화살이 멋대로 나타나 시위에 장전되고 있었다.

위력이 상당한지 나무 방패는 순식간에 산산조각 났다.

"'윈드 록!'"

"?!"

나는 바람 마법인 '윈드 록'을 영창——하는 척하면서 물 마법 '탁류'로 화살의 기세를 꺾었다.

적은 갑자기 물 마법이 튀어나오자 동요하는 기색이었다.

마법을 다룰 때 가장 중요한 것은 이미지, 그리고 그 이미지를 더 확고하게 만드는 것이 마법명 영창이다. 하지만 마법명은 필수 과정이 아니다.

그렇다면 소리 내서 말한 마법의 이름과 전혀 다른 것을 발동하면 상대를 동요시킬 수 있지 않을까?

이렇게 생각하고 해본 것인데 효과 만점이었던 것 같다.

"이얍!"

"——?!"

나는 전력으로 놈의 오른쪽 팔을 걷어차 크로스보우를 손에서 날려버리고, 곧바로 다시 발차기를 날려 상대의 자세를 무너뜨렸다.

"이걸로 끝이다!"

"크학……!"

나는 놈의 머리채를 잡고 바닥에 힘껏 찧었다.

적은 고통의 비명을 지른 후 의식을 잃고 축 늘어졌다.

"휴……."

나는 그것을 보고 심호흡한 후, 놈의 무기들을 탈취했다. 그리고 슬쩍한 밧줄로 놈의 몸을 기둥에 꽁꽁 묶고 3층으로 뛰어 올라갔다.

"여러분, 겁먹지 마세요. 반드시 우리를 구하러 사람이 올 겁니다."

교회 3층 담화실에서 마더 힐다의 다정한 목소리가 들렸다.

"……오, 오빠!"

담화실에 있던 아이샤 레벤이 나를 발견하고 벌떡 일어

나 달려와서는 와락 안겼다.

이어서 마더 힐다와 다른 피난민들도 나를 발견하고 이 쪽으로 다가왔다.

"애쉬 씨가 어떻게 이곳에?"

"이상 사태인 걸 알고서 여러분을 도우러 왔습니다. 2층에 있던 녀석은 제가 기절시켜서 묶어 놓았어요. 지금 탈출해야 합니다. 이미 1층은 연기로 가득하니, 천 같은 걸로 입과 코를 가리세요."

"위험한데 도와주셔서 감사합니다. 여러분, 밖으로 대피합시다."

마더 힐다의 그 말에 피난민들은 아래층으로 내려간다.

"너도 얼른 내려가."

"응……."

내가 아이샤에게 최대한 다정한 목소리로 이렇게 말하자, 아이샤는 나를 안고 있던 팔을 풀고 마더 힐다의 뒤를 따라갔다.

일단 급한 불은 껐나――.

"애쉬 씨, 2층에 있던 그 사람은 어떻게 하실 건가요?"

아이샤의 어머니, 카를라 레벤 부인이 불안한 표정으로 물었다.

"가능하면 위병을 불러 넘길 생각입니다. 그놈에게 용무가 있으십니까?"

"아니에요……. 아무것도 아닙니다……."

말은 그렇게 했지만, 카를라 부인의 얼굴은 창백했다.

반응을 보아하니 아무래도 이번 소동과 연관이 있는 모양이다.

제길, 그것만은 아니길 바랐는데.

"……카를라 씨. 내일 이 교회에서 드릴 말씀이 있습니다."

"애쉬 씨, 준비가 끝났어요."

"아, 네. 금방 갈게요."

잠깐 쉬라고 내어준 교회의 어느 방.

창문으로 새벽 놀에 물든 하늘이 보이는 가운데, 얕은 잠에 들어 있던 나는 이 시설에 사는 아이의 목소리에 눈을 비비면서 가까스로 목소리를 쥐어짜 이렇게 대답하고 기지개를 켜면서 침대에서 일어났다.

약속 장소인 고해실로 하품하면서 가는 도중 피네와 마주쳤다.

"아, 애쉬 님. 좋은 아침이에요."

"좋은 아침, 피네. 어제 고생했다며?"

"네. 그래도 모두를 위한 일이었으니까요."

그녀는 누가 봐도 기진맥진한 게, 정말 당장에라도 쓰러질 것 같았다.

그럴 만도 하다. 쉬지도 못하고 밤새도록 자경단을 치료하며 마을 곳곳을 동분서주했으니까.

『절대 죽게 두지 않아요……! 반드시 살릴 거야……!』

부상자를 성마법으로 치료하면서 결연한 표정으로 피네가 중얼거린 그 말은 당분간 잊히지 않을 것 같다.

어려서 버림받은 피네를 돌봐준 이 마을 주민들은 그녀에게 가족이나 마찬가지다. 피네로서는 무슨 일이 있어도 그들을 돕고 싶었을 것이다.

덕분에 주민 중에 사망자는 없고, 후유증을 겪는 사람도 없었다. 피네는 정말 최선을 다했다.

“일단 한동안은 안전할 거야. 피네도 이제 방에서 푹 쉬어. 수고했어.”

“……네, 그렇게 할게요.”

내가 피네의 머리를 쓰다듬자, 그녀가 미미하게 웃으며 대답했다.

나는 천천히 자기 방으로 향하는 피네를 지켜본 뒤, 고해실로 가서 깊이 심호흡하고 문을 노크했다.

“――들어오세요.”

방 안에서 마더 힐다의 평소와 다름없는 온화한 목소리가 들렸다.

나는 이 상황과 어울리지 않는 목소리에 미묘한 이질감을 느끼며 문을 열고 안으로 들어갔다.

“제길. 이런 애송이한테 내가…….”

안에는 의자에 앉은 채 손발을 단단히 결박당한, 초췌한 남자가 있었다.

《인연야회》의 스토리에 이런 네임드 캐릭터는 없었다. 하지만 이자가 뭐 하는 사람인지는 게임 내 NPC들의 복색을 보아 알고 있다.

성여신교회의 정예 퇴마사였으나 부정부패로 파문당하여 어둠의 세계로 흘러 들어간 이들. 성직자 행세를 하며 협박하거나, 귀족들에게 악마 소환술을 가르쳐주고 그 뒤처리를 해준 대가로 금품을 받는 악당. 통칭 '악마술사'. 그것이 이자의 정체다.

"……그럼 전 실례할게요."

나는 마더 힐다에게 눈짓을 보내 둘만 남은 뒤, 결박당한 남자의 앞에 예비 의자를 놓고 거기에 앉았다.

"당신이 뭐 하는 사람인지는 이미 알고 있어. 누구의 사주를 받았지? 누가, 얼마나 동원됐나?"

"흥, 그걸 순순히 대답할 멍청이도 있나? 내가 지금까지 해온 일들이 얼마나——."

"혹시 그 소문 못 들었나? 제2 왕자를 때려서 고개 숙이게 한 녀석 때문에 한동안 시끄러웠는데."

그리고 나는 손바닥에 작은 뇌운을 생성시키고, 그것으로 남자에게 가벼운 쇼크를 주었다.

"끄악……?! 서, 설마 네놈이——?!"

"알았으면 빨리 털어놔. 아니면, 어제 네가 한 짓부터 정산할까? 저지른 네가 값을 가장 잘 알 테니."

나는 겁에 질린 남자의 멱살을 잡고 씩 웃으며 말했다.

"네가 쓰러트린 자경단원의 수가 18명이었지? 그럼 똑같이 18번만 고통받으면 되겠군. 버틸 수 있으려나 걱정이네. 자, 골라. 지금이라도 실토하고 위병 손에 넘어가 감옥 안에서 신께 자비를 구하던지, 여기서 값을 치르던지."

나는 손바닥에 뇌운을 띄운 채, 얼굴을 잔뜩 일그러뜨리는 남자에게 앞으로 어떻게 하고 싶은지 묻는다.

남자가 고개를 푹 꺾고 내가 예상했던 것과 똑같은 의뢰자의 이름을 실토한 것은 그로부터 얼마 지나지 않아서였다.

"기다리게 해서 죄송해요."

"괜찮아요. 저도 지금 막 도착했는걸요."

범인에게 모든 자백을 받아낸 이후, 나는 교회에서 카를라 씨와 만났다.

카를라 씨는 여전히 어두운 표정이었다. 저쪽도 슬슬 나의 정체를 짐작한 게 아닐까.

"……제 소개를 다시 하죠. 저는 애쉬 레벤 바이스. 당신의 시동생입니다."

"역시 그랬군요. 어쩐지 그 사람과 닮았다 했어요……."

카를라 씨가 어깨를 떨었다. 역시 이 모녀는…….

"오해가 있는 것 같으니 먼저 말해두겠습니다. 믿기 어려우시겠지만, 저는 사실상 레벤가를 버린 몸입니다. 일방적으로 그들을 편들지는 않을 테니, 너무 경계하지 않으셔도 됩니다.”

“아, 아니요. 믿어요. ……민망한 말이지만, 그들이 당신에 대해 하는 말은 오로지 분노나 질투뿐이었으니까요…….”

“……그렇습니까.”

카를라 씨는 미안한 기색이지만, 나는 차라리 잘됐구나 싶었다.

앞으로 충돌할 걸 생각하면, 그들이 나에게 조금의 호의조차 없는 편이 나았다. 그래야 나도 망설이지 않을 테니까.

“그러면 더 숨길 것도 없군요. 당신은 형님과 억지로 결혼했으나 학대를 견디지 못하고 이곳으로 왔습니다. 이에 레벤가는 당신을 붙잡으려고 자객을 보냈고요. 맞습니까?”

“……네, 대체로 맞아요.”

《인연야회》에도 부정부패를 일삼고 정치적 암투를 벌이는 극악무도한 악덕 귀족들이 몇 명 등장한다.

이 육신의 부모를 비롯한 레벤가 역시 악덕 귀족이라고 봐야 하리라.

“그러나 아시다시피 레벤가는 자력으로 이런 짓을 벌일 능력이 없습니다. 계략을 부릴 연줄도 자금도 정치력도 없지요. 대놓고 가문에 반항적인 저를 노렸다면 모를까, 이런 부담을 감수하면서 굳이 당신을 노리는 이유를 모르겠군요.”

“…….”

어젯밤, 이 마을을 기습했던 남자는 레벤가에 고용되어 카를라 씨와 아이샤를 납치해 오라는 의뢰를 받았다고 했다.

사방팔방에서 원한을 사고 있을 나나 피네가 아니라 귀족 사회에 이름이 오르내릴 일이 없는 카를라 모녀를 노리는 건 아무래도 부자연스럽다.

"그러니 짐작 가는 바가 있다면 직접 말씀해 주세요. 또 이번 같은 일이 벌어지지 않게 하기 위해서라도요."

내가 이렇게 말하자 카를라 씨는 고개를 숙이고 입을 다물었다.

역시 레벤의 이름을 가진 자는 믿기 어려운가?

내가 체념하려는 순간——.

"그들이 노리는 건 제…… 제가 가진 '보물'이에요."

카를라 씨가 각오한 표정으로 말문을 열었다.

"……저희 집안은 본래 수도에서 옷을 주문 제작하는 일을 하고 있었어요."

카를라 씨는 고개를 수그린 채 이야기를 이어갔다.

"특히 할아버지가 지으신 드레스는 품질이 좋아서, 귀족 사이에서 평판이 좋았죠. 공작가의 인물들도 몇 년씩 기다리며 발주했을 정도였어요. 일의 특성상 귀족과의 교류가 차츰 늘어났고, 나중에는 상류 귀족과도 사적인 친분을 맺기에 이르렀죠. ……레벤가와 알게 된 경위도 비슷했어요."

확실히 상류 귀족들 사이에서 인기 있는 가게는, 설령 공작가 출신이라도 순서를 기다려야 하는 곳이 몇몇 있다. 상점과 손님의 관계를 넘어, 가문 간의 관계가 되기 때문이다.

"당시 어렸던 저는 상류 귀족 사이에서 할아버지가 만드신 드레스가 높이 평가받는 게 마냥 좋았어요. 아버지가 할아버지의 벽을 넘지 못해 초조한 줄은 꿈에도 몰랐죠."

최상위 귀족조차도 아낌없이 돈을 쓰고 완성을 기다리는, 위대한 장인이 지은 최고급 드레스.

하지만 선대가 위대할수록 후대의 부담 또한 늘어나는 법. 선대 이상의 가치를 담을 수 있어야만, 가문의 위세를 이어갈 수 있다.

"할아버지는 '어깨너머로 배우라'는 식이셨기에, 아버지에게 아무것도 가르치지 않으셨어요. 스스로 만족할 때까지 몇 번이고 다시 만드는 고지식한 분이셨지요. 그런 고집스러움이 귀족들의 감탄을 자아내는 아름다움을 만들어 낸 거겠지만요……. 그러던 중 어느 날, 할아버지께서 병으로 급사하셨어요. 아버지께서는 아무 준비도 없이 가업을 잇게 되셨지요."

카를라 씨에 의하면, 처음에는 선대가 완성 직전까지 만들어 놓은 드레스가 있어서 아버지가 가게를 이어갔다고 한다. 그러나 아버지의 솜씨는 능숙하기는 해도 재능 넘치는 수준은 아니었기에 새로운 주문에는 대응하기 어려웠고, 결국 시간에 따라 단골들도 발길을 끊었다. 결국 경영은 악화일로를 걸었고, 그녀의 대에 이르러 결국 폐업했다는 이야기였다.

"사정은 알겠습니다만, 말씀하신 '보물'이 뭔지는 여전히 모르겠군요. 그걸 팔아서 경영을 유지할 수는 없었던 겁니까?"

내가 질문하자 카를라 씨는 순간 말문이 막힌다.

"그럴 수는 없었어요. 애초에 그건……."

그녀는 여기까지 와서도 망설여지는지 잠시 입을 다물었지만, 이윽고 보물의 정체를 털어놓았다.

"보물이란 재화가 아니라, 귀족들의 정보가 정리된 고객 리스트를 말하는 거거든요."

"흠……."

귀족이 무엇을 샀는지, 무엇을 이용했는지 하는 정보는 쓰기에 따라서 상대를 파멸시킬 무기가 될 수도 있다. 그래서 귀족을 상대로 하는 가게는 이런 정보를 엄중하게 관리한다. 특히 이 가게는 귀족들과 사적인 친분까지 있었다고 했으니, 뭐가 적혀 있을지 모르는 일이다.

'그런 가게가 망할 때는 어떤 소동이 일어난다고 들은 적이 있는데, 이런 이유군…….'

경영 악화로 오랜 세월 함께한 장인들과 점원을 해고하

고, 차츰 귀족들 사이에서 잊히며, 결국에는 원단을 발주할 일도 없어진다. 옷을 만들지 않으니, 가문의 보물은 제 역할을 잃고, 남은 거라고는 선대가 모은 유산뿐이 되었다.

"……그렇게 가게를 닫기 직전, 조슈아 레벤 경이 찾아왔어요. 할아버지 대부터 친하게 지냈던 귀족인데, 그분은 아버지에게 절 칼 님과 결혼시키면 원조를 해주겠다고 제안했지요. 아버지는…… 울면서 저에게 레벤가로 시집을 가달라고 머리 숙여 애원하셨어요. 저는 차마 싫다고 말할 수 없었죠."

파멸 일보 직전까지 내몰린 것을 알던 카를라 씨는 고민 끝에 레벤가에 시집가기로 결심했다.

"하지만 그들은 아이샤가 태어나자, 보물을 내놓으라고 아버지를 집요하게, 사실상 협박했고, 아버지는…… 목을……. 이후로 그들은 마치 이제 쓸모가 없어졌다는 듯이 저에게 폭력을 쓰기 시작했어요……."

너무 힘든 기억인지 카를라 씨는 두 손에 얼굴을 묻고 소리 내어 흐느껴 울기 시작했다.

친자식도 만나러 오지 않는 지독한 집안인 줄은 알았지만, 설마 이렇게까지 악독했다니…….

말을 섞은 적은 한 번도 없지만 핏줄로 이어진 가족이라는 사실은 변함이 없기에 진심으로 미안해진다.

"그러던 어느 날, 우연히 수도에 온 옛 친구와 재회했어요. 시골 교회의 수녀였던 그녀는 제 처지를 알고는 '절연'을 알려주었죠."

그 뒤 카를라 씨는 빠르게 움직였다. 그녀는 그 수녀에게 보호를 요청하고, 만일을 대비해 모아두었던 돈으로 열차표를 사서 아이샤를 데리고 몰래 저택을 빠져나와 이 카가토 마을로 도망쳤다.

"그 뒤는 애쉬 씨도 아시는 바와 같아요. ……그런데 한 가지 묻고 싶은 게 있는데……."

"말씀하세요."

"역시 어젯밤에 이 마을에서 일어난 일도 레벤가와 관계가 있나요?"

뭐, 지금까지 겪은 일들을 생각하면 그런 결론이 나와도 이상하지 않지.

"……물증은 없습니다만, 저는 그렇게 생각하고 있습니다."

"그렇군요……."

내 대답을 들은 카를라 씨는 눈을 감고 심호흡하더니 느닷없이 내 앞에 무릎을 꿇었다.

"카, 카를라 씨?!"

"전 어떻게 돼도 상관없어요. 하지만 그 아이만큼은, 아이샤만큼은 살려주세요. 무슨 일이라도 하겠어요. 그러니까, 그러니까 제발, 그 아이만은……!"

카를라 씨는 이마를 땅에 대고 울먹이며 필사적으로 호소한다.

이 사람은 정말 아이를, 아이샤를 사랑하는 것이리라.

……아이샤 또한 나와 핏줄로 이어진 존재. 내가 취할 선택은 정해져 있다.

"고개 드세요. 아이샤도, 그리고 당신도 더 이상 괴로운 일은 겪게 하지 않을 겁니다. 가족의 잘못은 가족인 제가 바로잡겠어요."

※ ※ ※

저택의 응접실에는 카이저수염을 기른 조슈아 레벤과 바가지머리의 뻬빼한 칼 레벤이 앉아 있었다.

한편 그들의 맞은편에는 강한 패기가 느껴지는 장년의 신사가 마주 앉아 있었다. 허리춤에 찬 레이피어에서 그가 역전의 전사임이 느껴졌다.

조슈아와 칼은 그 앞에서 식은땀을 흘렸다.

"기일이 지났는데, 이러면 약속이 다르지 않나?"

남자가 품속에서 회중시계를 꺼내 흘끗 본 뒤 불만스럽게 중얼거린다.

"조, 조금만 기다려 주십시오, 파크 각하! 반드시 그 여자를 각하께 넘겨드릴 테니 부디! 부디! 조금만 더 기다려

주십시오!"

칼은 등이 식은땀으로 축축해지는 불쾌감을 느끼면서도 조슈아와 함께 필사적으로 상대——라크레시아 왕국 제2 정기사단 부단장인 '사이먼 파크' 공에게 납작 엎드려 애원했다.

"흠. 레벤가와는 조슈아 경 때부터 오래된 사이지. 일단 경의 말을 믿고 기다려 보겠소."

"가, 감사합니다……!"

"——하지만."

파크 공은 한 손을 레이피어의 자루에 얹고 그들을 살기 어린 눈으로 노려보았다.

"난 참을성이 있는 편이 아니오. 오늘 내로 보내지 않으면, 그때는 경들도 각오해야 할 것이오."

"하, 하하……. 그, 그러면 저희는 집안사람들에게 상황을 확인하고 올 테니 조, 조금만 기다려 주십시오……."

칼은 등줄기가 서늘해지는 것을 느끼면서도 간신히 미소를 지으며 조슈아와 함께 응접실을 나왔다.

칼은 방 밖에서 대기하고 있던 하인 중 한 사람에게 감정을 실어 주먹을 날렸다.

"빨리 카를라를 데려와! 보물은? 리스트는? 아직이야?! 거액을 들여 자객을 고용했는데, 왜 아직도 연락 하나 없나?!"

"아직 아무런 보고도 들어오지 않았습니다…… 크억?!"

"쓸모없는 놈 같으니……! 자객은 됐어! 너희! 누가 카가토 마을에 가서 오늘 중으로 그 여자를 끌고 와!"

"도, 도련님. 하지만 이미 마지막 열차 편은 출발——."

"평민 주제에! 감히 나한테 말대답하는 거야?! 이 건방진 자식!"

칼은 말대답한 다른 하인을 때려 넘어뜨리고, 그 옆구리를 집요하게 걷어찬다.

그렇게 한참 동안 샌드백처럼 주먹질과 발길질을 반복하다가 지쳐서 씩씩대기 시작하자, 조슈아가 칼의 어깨에 손을 얹었다.

"진정해라, 칼. 모든 명령이 뜻대로 된다면 세상에 고생할 사람 없다."

"하, 하지만 아버지! 이대로라면 저희는……!"

"그때는 하인 하나를 위장시켜서 카를라라고 하고 넘기면 돼. 그러면 우리 레벤가는 돈도 얻고, 훗날 알베리히와 전하로부터 후작 작위와 대신 자리를 얻게 될 거다."

"여, 역시 아버지십니다! 이 칼은 정말 감복했습니다!"

"하하하! 너도 내 뒤를 이을 거라면, 이 정도 배짱은 부릴 줄 알아야지!"

조슈아의 말에 칼은 과장된 몸짓을 하면서 감탄했고, 조슈아는 그런 아들의 태도에 기분이 좋아졌다.

한편 하인들은 칼에게 얻어맞은 자들을 포함해서 모두

냉랭한 시선이었다.

지금 이 자리에 있는 하인 중 정치에 밝은 자는 극히 일부다. 그러나 이 부자의 전혀 근거 없는 낙관적인 망상에 기초한 계획은, 그들에게 레벤가가 머지않아 파멸할 것이라는 확신을 심어주었다.

"도, 도련님! 급히 드릴 말씀이 있습니다!"

그때. 어린 하녀가 숨을 헐떡거리며 레벤 부자의 앞으로 달려왔다.

"뭐냐?"

"저택 대문에 도련님을 뵙고 싶다는 분이……."

"뭐야? 그자가 어떻게 생겼더냐?!"

"그게, 갈색 후드를 쓴 여성과 새까만 모자에 새까만 코트를 입은 신사분이십니다……!"

"왔구나! 이렇게 시간이 오래 걸리다니, 멍청한 놈들. 빨리 그자들을 이리로 데려와!"

"네!"

칼은 고압적으로 어린 하녀에게 명령하더니 다시 자신이 나온 응접실 쪽으로 몸을 돌렸다.

"일단 공작의 필요성은 없어진 것 같습니다, 아버지."

"음, 이것도 다 하늘이 우리의 은덕을 인정하셨기 때문이 아니겠느냐."

이렇게 말하고 만족스럽게 고개를 끄덕이는 조슈아를

보고 하인들은 내심 어이가 없었지만, 분노를 사지 않기 위해 감정을 드러내지 않도록 표정을 숨겼다.

"……도련님! 모셔 왔습니다!"

몇 분 뒤, 아까 그 어린 하녀가 온몸을 시커먼 옷으로 가린 남자와 얼굴이 보이지 않도록 후드를 깊이 눌러쓴 여자를 데려왔다.

"왜 이렇게 오래 걸려? 늦은 만큼 보수를 깎을 줄 알아."

"……."

조슈아가 낮은 목소리로 말하자 검은 옷의 남자가 말없이 고개를 숙였다.

한편 칼은 후드를 쓴 여자에게 다가가 징그러운 손길로 여자의 어깨며 가슴, 엉덩이 등을 쓰다듬으면서 그 얼굴에 콧김이 닿을 만큼 가까이 얼굴을 들이밀고 입을 열었다.

"잘도 나에게서 도망쳤군. 나중에 톡톡히 대가를 치르게 할 테니 각오해."

그 말에 여자는 얼굴을 푹 숙이고 공포에 몸을 떨었다.

그것을 본 칼은 입꼬리를 올리고 여자의 어깨를 움켜잡더니, 자기 쪽으로 확 끌어당겼다.

"그럼 파크 각하께 약속대로 넘길까. 가자, 칼."

"네, 아버지!"

조슈아와 칼은 기세등등해서 검은 옷의 남자와 후드를 쓴 여자를 데리고 응접실로 들어갔다.

"파크 각하, 기다리시게 해서 죄송합니다. 약속한 보물이 있는 곳을 아는 여자입니다. 이자에게 뒷배가 되어줄 만한 자는 없으니, 각하가 원하시는 대로 하시면 됩니다."

"오호, 그렇단 말이지……."

"그런데 각하, 그 일 말입니다만."

"알고 있소. 보물을 손에 넣으면 추문이 두려운 라크레시아 귀족들은 반드시 우리 '라크레시아 왕국 정통 정부'와의 교섭에 응할 테지. 전하께서 개선해 정통 정부의 승인 아래 진짜 왕으로서 즉위하시면, 약속대로 레벤가에 후작의 작위를 내리고 재무상서의 지위를 드리겠소. 이건 그것을 미리 축하하는 의미요."

파크는 커다랗고 하얀 천 자루를 칼에게 내밀었다.

칼이 얼른 그 주둥이를 열자, 안에 들어 있던 각종 금은보화가 조명 빛을 반사해 눈부시게 빛났다.

"감사합니다, 각하!"

"그건 알베리히 전하의 하사품이오. 감사는 내가 아니라 전하께 하시오."

"하하!"

레벤 부자는 깊이 머리를 숙이고 다시 자루 안의 금은보화에 눈을 빛냈다.

파크는 레벤 부자를 차가운 눈으로 쳐다본 뒤 후드 쓴 여자의 앞에 섰다.

"그럼 카를라 양, 당신 입으로 직접 보물이 있는 곳을 말씀해 주시겠소? 아, 어설픈 저항은 하지 않는 게 좋을 거요. 당신에게도, 따님에게도 좋지 않을 테니까."

이렇게 말하고 파크가 여자의 얼굴을 가린 후드를 걷으려고 한 바로 그 순간.

"아, 보물을 원했던 이유는 도망 중인 제2 왕자를 지원하기 위해서였던 거군요."

"크헉……?!"

검은 옷차림의 남자가 뇌격을 쏘자, 파크는 그 충격으로 후드 쓴 여자의 몸에서 손을 뗐다.

"이 이 자식! 무슨 짓이냐?!"

"……눈치가 너무 없군요, 형님."

"너?!"

검은 옷의 남자는 모자와 코트를 벗으며 등에 숨겼던 검을 뽑아 파크 일행에게 겨누었다.

"당신들이 저지른 짓에 책임을 지셔야겠습니다. 그것이 가족인 제가 베풀 수 있는 최소한의 자비입니다, 형님."

"애쉬……!"

※ ※ ※

——약 30시간 전, 카가토 마을 교회.

"여기에 제 마법을 걸면 되나요?"

"응. 무슨 주술이 걸려 있을지도 모르니까, 그걸 네 마법으로 정화해 줘."

"네. 그건 상관없지만……."

교회의 한 방으로 호출된 피네는 당혹스러운 기색으로 책상 위에 놓인 장비들과 내 얼굴을 번갈아 보았다.

이건 카를라 모녀를 덮쳤던 자객에게서 빼앗은 장비들이다.

요즘 기온에 이런 갑갑한 걸 입고도 제법 민첩하다 했더니, 내부가 공조복이었다. 이러면 얇은 옷보다 쾌적했을 것 같다.

"이 옷은 뭐죠?"

"어제 만난 자객이 입고 있던 옷."

"네? 이걸로 뭘 하시게요?"

피네는 당혹감 반 불안감 반이 뒤섞인 표정으로 내 얼굴을 쳐다보았다.

음, 피네가 그자들과 연결되어 있을 가능성은 없으니 말해도 괜찮겠지.

"자객으로 위장해서 고용주…… 적진으로 들어가려고."

"그, 그래도 되겠어요?! 위험해요!"

"내부 구조가 어떤지, 누가 있는지, 전부 아니까, 혼자서도 괜찮아."

"애쉬 님, 설마 혼자 쳐들어갈 생각이세요?!"
이크. 괜한 말까지 해버렸군.
"아니, 그, 상대의 전력은 대충 파악하고 있으니까 정말 혼자서도 괜찮아!"
"아무리 그래도 혼자 그런 곳에 가는 건 너무 위험해요! 꼭 가시겠다면 저도 같이 가요!"
"잠깐! 그거야말로 너무 위험해! 상대가 어떻게 나올지 모른다고!"
"그건 애쉬 님도 마찬가지예요! 아무튼 애쉬 님 혼자 위험하게 놔둘 순 없어요!"
피네는 콧김을 내뿜으면서 문 앞을 가로막고 선다.
《인연야회》 본편에서도 그랬지만, 이러면 피네를 떼어놓기 어렵다. 아니, 배드 엔딩 이외에서 의지를 굳힌 그녀의 행동을 바꾸는 것은 불가능이다.
하지만 쳐들어간다면 이 타이밍밖에 없는데, 음…….
나는 팔짱을 끼고 천장을 올려다보며 크게 한숨을 내쉰 뒤 다시 피네의 얼굴을 보았다.
"……알았어, 따라와. 단, 내가 도망치라고 하면 바로 도망치는 거야. 그리고 스스로 위험을 느끼면 그때도 바로 도망치도록 해. 알았지?"
"네!"
결국 나는 피네의 주장을 받아들여 피네의 동행을 허락

했다.

그 자객을 심문해서 얻은 정보로 유추하자면, 피네의 실력이면 여유롭게 도망칠 수 있다. 적을 상대하는 것도 가능하다.

게다가 그녀가 같이 와준다면 더 성공률 높은 기습작전을 펼 수 있다. 물론 피네가 위험해지지 않도록 방심하거나 자만하지 말고 최대한 조심해야 한다.

이런 생각을 하는 동안에 피네는 벌써 '성마법'으로 놈들이 입고 있었던 시커먼 의상을 정화했다.

"애쉬 님, 다 됐어요!"

"고마워. 그리고 미안하지만, 부탁이 하나 더 있어."

"네! 뭐든지 말씀만 하세요!"

"우선 카를라 씨가 이 마을에 오기 전에 입었던 옷을 빌려야 해."

"카를라 씨의 옷을요?"

"응. 잠입에 쓸 거야. 피네가 그걸 입는 거지."

피네와 카를라 씨의 체격은 비슷하다. 머리와 얼굴은 후드를 푹 눌러써서 가릴 수 있다. 거기에 카를라 씨의 옷을 입으면 잠깐은 속일 수 있을 것이다. 물론 그게 전부는 아니지만.

어차피 카를라 씨를 아는 사람과 마주쳐도 곁에 수상한 남자가 있으면 그쪽을 먼저 의식할 거다.

그리고 카를라 씨에게 들은 이야기와 희미하게나마 기억에 남아 있는 부모님과 형의 성격 그리고 언동으로 추정컨대, 그들은 생각이 짧아서 자신이 보낸 자객과 똑같은 복장을 한 남자와 카를라 씨와 똑같은 옷을 입은 여성이 왔다고 하면 순순히 저택 안으로 들일 것이다.

또한 예정 시간을 넘기면 그들은 별다른 신체 검문 없이 빨리 자신들에게 데리고 오라고 말할 것이다.

이 최종 관문만 넘으면 나머지는 어떻게든 될 것이다.

그리하여 옷을 조달한 나와 피네는 그것을 가지고 수도에 가장 일찍 도착하는 열차를 타고 일단 저택으로 돌아가 변장한 뒤, 레벤가의 저택으로 들어갔다.

하인들은 내 옷차림을 수상하게 여길 뿐, 카를라 씨로 변장한 피네에게는 별다른 주의를 돌리지 않았고, 우리는 흑막이 기다리는 방에 무사히 당도할 수 있었다.

……도중에 형님, 즉 칼 레벤이 피네에게 성추행을 시작했을 때는 진심으로 그 면상을 갈겨버릴 뻔했지만, 피네가 몰래 내 손을 잡아 준 덕분에 간신히 참았다.

아무튼 작전은 대개 예정대로 진행되었고, 지금은——.

※ ※ ※

——라크레시아 왕국 수도 레벤가 저택.

"애쉬, 네가 왜 여기에……?!"

형님, 즉 카를 레벤이 불구대천의 원수라도 보는 듯한 눈으로 나를 노려본다.

"이상한 걸 묻는군요. 여긴 레벤가 아닙니까? 본가에 온 게 뭐 잘못됐습니까?"

"그, 그러면 그 옷은 뭔데?! 어째서 네가 그자의 옷을 입은 거야?!"

"이거요? 아, 참 멋진 디자인이다 싶어서 달라고 했죠."

"달라고 했다고? 그런 말도 안 되는 소리가——."

"잠깐, 칼! 저 녀석이 애쉬라는 건, 이 여자는——?!"

"……속여서 죄송합니다. 하지만 카를라 모녀를 당신 같은 사람과 만나게 할 수가 없었거든요."

차가우면서 노기를 띤 목소리로 이렇게 말하더니 피네는 걸치고 있던 후드를 벗어던졌다.

그녀가 입는 것은 카를라 씨에게 빌린 옷이지만, 다른 요소로서 가슴께에 작은 보석이 박힌 펜던트 같은 것이 꿰매져 있다.

'비밀 영역'에서 채취한 아이템—— '방호 쇼크 필드 발생 마도구'다. 장착자가 적의를 느끼는 상대에게 접촉하면, 외부의 충격을 완전히 흡수하는 특수한 막을 펼친다. 막에 닿은 상대는 살에 닿은 듯한 착각을 일으킨다.

그것 덕분에 성추행하던 칼의 손가락이 직접 피네에게

닿지는 않았지만, 그렇다 하더라도 그 더러운 손으로 피네를 만지려 했던 것을 용서할 수는 없다.

이런 생각을 하면서 나도 코트를 벗고 바지 주머니에서 직육면체의 상자를 꺼냈다.

"아버지와 형님의 대화는 이 녹음 마도구에 기록되었습니다. ……지명수배 중인 제2 왕자 전하와의 내통, 뇌물 수수, 반란 획책. 공개되면 그냥 넘어가지는 못할 겁니다."

"하, 하지만 그러면 마찬가지로 레벤인 너도 무사하지 못할 텐데……?!"

"왜죠? 전 보검 클리어를 제2 왕자 전하로부터 되찾고, 바이스 자작이 되었습니다. 그런 제가 당당히 이 사실을 고발하면 어떻게 될지, 정말 모르십니까?"

"너 이 자식! 친부모를 팔아넘길 셈이냐?! 오늘날까지 키워준 은혜도 잊어버리다니 배은망덕도 유분수지……!"

키워준 은혜라…….

공부를 봐준 적도, 선물을 사준 적도, 놀아준 적도, 같이 식사한 적도, 대화다운 대화를 나눈 적도 없다.

나와 그들의 관계는 피가 이어져 있다는 것 정도.

이런 상태에서 만일 지금의 나를 나답게 만들어 준 전생의 지식이 없었다면 대체 어떻게 되었을지.

그래도 이렇게 낳아줬다는 것과 피네와 함께 지낼 계기를 만들어 준 건 감사한다.

그러니까…….

“더 이상 잘못을 저질러 죄를 늘리기 전에 지금 여기서 멈추세요. 그게 제가 할 수 있는 최선의 배려입니다.”

“너 이 자식…….”

“조슈아 경, 그렇게 당황할 것 없소.”

그때 아버지와 형이 각하라고 불렀던 신사풍의 남자가 칼집에서 레이피어를 꺼내 음흉한 미소를 지으면서 나를 돌아본다.

“지금 여기서 애쉬 군과 저기 있는 여자의 입을 막으면 우리의 거래가 들통났다는 사실은 없던 일이 됩니다. 그렇지 않소, 조슈아 경, 칼 경?”

“오, 오오! 옳은 말씀입니다, 각하! 저 배은망덕한 놈의 숨통을 끊으면 만사가 해결됩니다!”

“각하! 저 멍청한 동생 놈에게, 아니 저 무엄한 놈에게 정의의 철퇴를 내려주십시오!”

형과 아버지는 그것을 말리기는커녕 오히려 적극적으로 나를 죽이라고 호소했다.

“……애쉬 님.”

“괜찮아. 예상했던 반응이니까.”

슬픈 표정으로 내 옷자락을 잡는 피네에게 이렇게 말하고, 나는 ‘비밀 영역’에서 습득한 공격력 높은 검을 쥔다.

――어디, 단숨에 해치워 볼까.

"훗!"

먼저 움직인 것은 빌어먹을 두 부자가 파크 각하라고 불렀던 남자였다.

놈은 왼손에 쥔 가늘고 뾰족한 레이피어로 내 심장을 찌르는 척하면서 다른 손으로 피네를 자신 쪽으로 끌어당기려 했다.

"하앗!"

"……윽."

물론 그렇게 놔두지는 않는다.

나는 파크가 피네에게 뻗은 손을 검으로 쳐내려 했다.

그러나 파크가 재빨리 레이피어를 끌어당겨 막았다.

저 레이피어는 아마도 평범한 검. '비밀 영역'에서 입수한 검에 비할 바는 아니다.

제대로 맞붙으면 금방 박살 날 거다.

그러나.

"나이치고는 제법 싸움에 능숙하군. 하지만 나한테는 안 돼."

갑자기 레이피어의 검신이 액체 금속 같은 형태로 변형되더니 충격을 모조리 분산시켰다.

은색의 액체는 슬라임처럼 움직이다가 눈이 생기더니 나를 보고는 씩 웃었다. 아니, 그런 것처럼 보였다.

"그건……."

"옛 전쟁에서 마왕이 썼다는 '마상(魔像)'이다. 용사와 성녀에 의해 봉인된 마상을 찾아내어 내 힘으로 만들었지. 이 힘만 있으면 어리석은 지금의 왕가를 몰아내고 알베리히 전하를 정점으로 한 새로운 라크레시아 왕국을……!"

파크는 힘에 전율했고, 빌어먹을 두 부자는 그 모습에 벌벌 떨었다.

마상. 게임 내에 그런 적이나 아이템은 등장하지 않았지만, 성녀 클리어의 과거 무비나 마왕 전쟁 시의 설정 일러스트, 공식 설정자료집에 나왔던 존재였다.

자율가동형, 무장형, 요새형, 변형형, 의태형 등 다양한 타입의 마상이 마왕에 의해 제작되었고, 용사 아론 일행은 그것들과 싸우는 데 매우 애를 먹었다.

결과적으로 마왕과의 마지막 결전에 이르렀을 무렵, 딱 하나만 제외하고 나머지 마상은 모두 봉인했다.

그렇다, 토벌이 아니라 봉인이다. 용사 아론 일행조차도 그것들을 파괴할 수 없어 성녀 클리어의 성마법에 의해 일시적으로 무력화시킨 후 땅속에 묻을 수밖에 없었다.

그리고 저 파크라는 남자는 그런 무시무시한 유물을 찾아내 부활시킨 것이다.

'스테이터스가 어떤지, 약점은 뭔지, 전혀 모르는 처음 보는 적이야……. 어떻게 대처하면 좋을까.'

"그런 곳에서 멍하니 있어도 되겠나?"

"?!"

슬라임 상태였던 마상이 은빛의 바늘로 바뀌더니 나를 향해 일제히 날아왔다.

"애쉬 님, 엎드리세요!"

무수히 나타난 바늘 중 하나가 내 피부에 박히기 직전, 피네가 큰 소리로 외쳤다. 나는 재빨리 그녀의 목소리에 따라 그 자리에 엎드렸다.

그와 동시에 피네가 성마법으로 빛의 벽을 만들었다. 나는 그것을 방패 대신으로 삼았다.

나를 향하던 촉수는 피네가 생성한 빛의 벽 앞에서 순간 움찔하는 반응을 보이더니 레이피어 상태로 돌아갔다.

"호오, 그게 알베리히 전하를 무너뜨렸다는 사악한 힘인가? 그렇다면 지금 여기서 내가 전하의 원수를 갚아주지!"

그것을 본 파크가 흥분한 듯 입꼬리를 끌어올린 순간, 마상이 방에 있던 장식품을 흡수해 거대한 미늘창으로 변형했다.

진짜 미늘창과의 차이는 자루 부분에서 가늘고 긴 바늘이 파크의 팔에 꽂혀 있다는 점이었다. 그게 놈의 근육을 활성화하는지 놈의 체격이 두 배는 커졌다.

"가, 각하! 그것들은 저희 가문에 전해 내려오는 가보—— 히익?! 아, 아무것도 아닙니다……!"

보물이 마상에 흡수되어 가는 것을 보다 못한 칼이 비명

같은 목소리로 파크를 향해 외치다가 놈의 시뻘겋게 충혈된 눈을 보고 겁에 질려 방 한구석에 찌그러졌다.

이어서 파크가 한숨을 쉬더니 그 시뻘건 눈으로 빛의 벽에 보호받는 나와 피네를 노려보았다.

“어디 얼마나 버티나 힘 대결을 해볼까!”

그는 있는 힘을 다해 미늘창 모양의 마상으로 피네의 빛의 벽을 내려쳤다.

“크윽…….”

“기뻐해라! 너희의 목을 전하께 보내 모반을 꾀한 죄인으로서 효수할 테니! 비천한 너희가 전하와 두 번이나 마주하는 것은 본래 허용되는 일이 아니니 말이다!”

피네는 빛의 벽을 유지했지만, 파크는 충격으로 주변 가구들이 부서지고 벽에 금이 갈 정도의 위력으로 몇 번이고 반복해서 미늘창을 휘둘렀다.

아마, 아니 확실히 현재 파크의 스테이터스는 게임 종반 무렵의 플레이어에 버금갈 것이다.

성마법이라도 오래 버티지는 못할 거다.

그래서 지금 당장 놈에게 일격을 가해 피네로부터 떨어뜨려 놓고 싶지만…….

“히, 히이이익?!”

“내, 내, 내 저택이이이이?!”

파크가 일격을 가할 때마다 어마어마한 충격파가 발생

하는 터라, 함부로 나섰다가는 큰 타격을 받게 될 것이다.

……무슨, 무슨 수 없을까? 놈에게 겁을 줄 수 있는 틈이 필요한데……!

"천하고 비겁한 쥐새끼들! 너희가 내 마상의 제물이 될 때까지 얼마 남지 않았다! 유언을 하고 싶으면 지금 하거라!"

"더, 더 이상, 은……!"

파크는 유쾌하게 웃으면서 엄청난 힘을 담아 미늘창을 마치 막대기를 가지고 노는 어린아이처럼 마구잡이로 휘둘렀다.

——그리고 새어 나온 성마법의 입자가 미늘창에 닿은 그 순간.

'지금 미늘창의 일부가 저 빛의 입자에 닿지 않도록 회피한 것 같은데……?'

다시 눈을 부릅뜨고 미늘창이 피네의 빛의 벽과 부딪치는 순간을 관찰한다.

역시 성마법의 입자가 새어 나오자, 미늘창은 그것이 날에 닿지 않도록 슬라임 상태로 변형하여 피하려고 했다.

그래도 완전히 피하지는 못했는데, 빛의 입자에 닿은 부분은 움찔 반응한 직후, 마치 탄화한 것처럼 일시적으로 새까맣게 변했다.

……마상은 성녀 클리어의 성마법에 의해 무력화된 후에 봉인되었다.

그렇다는 것은 혹시 마상도 성마법에 극도로 약하지 않을까?

그렇다면 수가 있지.

"……피네, 신호를 보내면 지금 끌어낼 수 있는 최대의 힘으로 놈에게 마법을 쏴."

"……무슨 생각이 있으시군요. 알겠어요. 애쉬 님이 시키는 대로 할게요."

내 말에 피네는 고개를 끄덕여 보인다.

그녀는 나를 믿어주었다. 그렇다면 나도 전력을 다해야지.

"……지금이야!"

파크가 미늘창을 치켜든 순간을 노려 나는 목청껏 소리를 질렀다.

"네!"

동시에 피네가 성마법 공격을 발사했다.

"으윽?!"

마상이 슬라임 상태로 바뀌어 성마법을 피하려고 하자, 바늘에 의해 물리적으로 접촉해 있던 파크의 몸이 당겨져 뒷걸음질 쳤다.

"이야야야압!"

"크으으윽?!"

나는 움직일 수 없는 파크를 벽 너머 수영장 쪽으로 단숨에 밀었다.

놈은 거대해진 몸을 가누지 못하고 그대로 몸이 기울어졌다.

“피네! 다시 한번 쏴!”

“네!”

나는 공중에서 놈의 배를 걷어차고 그 반동으로 점프했다.

피네는 확산 레이저 같은 공격을 미늘창과 파크에게 꽂아 넣었다.

“으악, 너, 너 이 자식……!”

파크는 물에 빠진 생쥐 꼴이 되고도 우리를 노려보면서 수영장 밖으로 나오려고 했다.

그러나 이제 끝이다.

“이얍!”

“끄아아아아악?!”

나는 마법으로 만든 적란운에서 파크를 향해 번개를 떨구었다.

그와 동시에 마상은 슬라임의 형상으로 변해 파크의 몸에서 떨어졌고, 파크는 몸에 경련을 일으키면서 쓰러졌다.

나는 숨겨 가져온 그레이트 포션을 파크에게 먹인 후 놈의 손발을 밧줄로 묶었다.

“애쉬 님! 괜찮으세요?!”

그때 피네가 무너진 벽에서 뛰어내린 후, 불안한 표정으로 이쪽을 향해 달려왔다.

"난 괜찮아. 피네는?"

"전 괜찮아요!"

"다행이야. 이 녀석, 마법 사슬로 묶어줄래?"

"알겠어요!"

"난 마지막 뒤처리를 하고 올게."

"뒤처리요?"

나는 도움닫기를 이용해 도약해, 벽이 무너져 휑해진 응접실에서 잽싸게 실내로 통하는 문을 열려고 낑낑대는 사악한 부자의 등 뒤에 선다.

"어디 가시나?"

"애, 애쉬?! 우, 우리는 널 돕기 위해 위병소에……!"

"우, 우리는 너희를 다치게 하려는 게 아니라…… 그, 그렇지! 너에게 소개하고 싶은 혼담 상대가 있어서 말이야!"

그자들은 그런 변명을 하면서 나에게 등을 보이지 않도록 슬금슬금 뒷걸음질 쳤다.

나는 작은 한숨을 내쉬고 주먹을 치켜들었다.

"자, 잠깐! 설마 친아버지와 친형을 때릴 셈이야?! 지금까지 키워준 은혜도 몰라?!"

"……."

키워준 은혜라. 혹 그런 게 있다면 내가 해줄 보은은 하나뿐이다.

"당신들이 더 이상 죄를 짓지 못하도록, 레벤의 이름을 더럽히지 못하도록, 여기서 때려눕혀 말려야겠어요. 그게 제가 당신들에게 갚아야 할 키워준 은혜예요."

자신도 놀랄 만큼 냉정한 목소리로 그들에게 이렇게 말하고 나는 조슈아와 칼을 온 힘을 실은 주먹질로 기절시켰다.

※ ※ ※

형인 칼 레벤과 나는 이복형제…… 즉 배다른 형제다.

내 생모인 '엠마'는 조슈아 레벤의 하녀였는데, 한순간의 실수로 관계를 맺었고, 그 결과 태어난 것이 바로 애쉬 레벤이다.

그리고 칼의 친모인 '테레즈 부인'은 그 사실을 상당히 참기 힘들었던 모양이다. 생모인 엠마는 나를 낳고 1년이 지났을 무렵에 갑자기 이 세상을 떠났다.

당시 나는 아직 전생의 지식이 불투명한 데다, 이 세계가 《인연야회》라는 것을 몰랐다. 그러다 3살쯤에 친모의 사망 소식을 들었는데, 당시에는 테레즈의 말을 곧이곧대로 믿었다.

지금 생각해 보면 그건 아마 그들의 음모에 의한 것이었을 것이다.

하지만 그런 결탁을 했던 친부 조슈아와 테레즈의 관계

는 좋지 않았고, 내가 다섯 살 생일을 맞이할 무렵에는 그녀가 친정으로 돌아가 사실상 이혼 상태가 됐다.

전생의 내가 어떤 이름으로 어떤 가족과 어떤 인생을 살았는지는 알 길이 없다.

즉 나는 평범하고 정상적인 가족관계를 모른다.

과연 핏줄로 이어진 상대가 사형을 선고받았을 때, 나는 어떤 감정을 느껴야 하는 걸까.

※ ※ ※

"……애쉬 님! 애쉬 님! 곧 역에 도착해요!"

몸을 흔드는 손길에 눈을 뜨자 눈앞에 학교의 여름 교복을 입은 피네의 모습이 있었다.

마법 열차의 일등칸의 창문으로 눈부신 여름의 강렬한 태양 빛이 들어오고 있었다.

이번에도 열차 안에는 나와 그녀 이외에 다른 승객은 없었다.

……열차에 흔들리는 사이에 잠이 들었던 모양이군.

그런 것치고는 피로가 풀리지 않았고 몸도 으슬으슬하지만.

"미안. 깜빡 졸았네."

"피곤하시면 마법을 걸어드릴까요?"

"그렇게까지 할 필요는 없어."

"그런가요?"

피네에게 대답한 직후, 열차가 순간 덜컹 흔들리며 플랫폼에 멈췄다.

살짝 어색한 분위기 속에서 열차에서 내려 역사를 나오자, 마법 열차 일등칸 뺨치게 호화롭게 장식된 마차가 기다리고 있었다.

화려한 군복 차림으로 백마에 걸터앉은 근위기사들이 우리를 맞이했다.

"바이스 자작님, 피네 슈타우트 님. 성까지 안내하겠습니다."

"……."

"아, 자, 잘 부탁드립니다!"

정중한 말씨와 우아한 동작으로 인사하는 근위기사에게 피네는 다소 긴장된 기색으로 인사했다.

그런 그녀를 보고 근위기사의 뺨이 씰룩 움직였다.

'피네의 히로인력은 여전히 최강이군' 하는 생각을 하면서 나는 말없이 마차에 올라타 창가에 앉았다.

이어서 피네가 쭈뼛거리면서 내 옆에 앉자, 마부가 마차의 문을 닫고, 이내 마차가 움직였다.

——수도 저택에서 소란이 벌어졌으니, 당연히 위병들이 출동했고, 우리도 조사받았다.

처음에는 저번 테러 사건을 일으킨 '공화국 해방 전선'의 관계자가 아닌지 의심을 받았지만, 어떻게 된 영문인지 한달음에 달려온 '엘제스 왕태자 전하' 덕분에 혐의를 벗고 일단 위병 대기실에서 하룻밤을 보냈다.

그리고 다음 날. 우리는 기사들의 호위를 받으며 특별 마법 열차와 마차를 갈아타고 카가토 마을로 보내졌고, 수행 관리로부터 당분간 이곳에서 지내라는 말을 들었다.

그 후 관리와 호위 기사 일부는 교회 지하에 포박되어 있던 암살자를 데리고 귀환. 나머지 호위 기사는 마을에 남아 자경단과 함께 마을을 경비하면서 우리를 감시했다.

항상 누군가의 감시를 받는 것과 마을에서 나갈 수 없는 게 불편하긴 했지만, 카가토 마을의 목가적이고 평화로운 분위기와 활기찬 고아원 아이들과의 교류 덕분에 어찌저찌 좋은 여름방학을 보낼 수 있었고, 몸도 마음도 휴식을 취할 수 있었던 것 같다.

일주일 후. 카가토 마을을 찾아온 관리는, 두 사람이 처형됐고 카를라 모녀와 나에게는 이 소동의 책임을 묻지 않을 테니 즉시 수도로 돌아오라는 폐하의 명을 전달했다.

"여기서부터는 바이스 자작님 혼자 가셔야 합니다. 동반자분께서는 대기실에서 기다리시기를 바랍니다."

열차에서처럼 미묘한 분위기 속에서 마차에 흔들리기를

수십 분, 성에 도착한 우리를 다소 딱딱한 분위기의 여성 관리가 알현실 앞으로 안내하더니 억양 없는 목소리로 이렇게 말했다.

"아, 하지만……."

"피네, 이 사람이 시키는 대로 해."

"……알겠어요."

피네는 관리에게 할 말이 있는 듯했지만 내가 제지하자 그녀는 관리를 따라 알현실 옆에 있는 대기실로 향했다.

……그럼 가볼까.

나는 크게 심호흡하고 알현실로 통하는 문에 한 걸음 다가갔다.

그러자 어떻게 된 건지는 몰라도 문이 게임에서처럼 자동으로 열리고, 맨 안쪽에 옥좌가 놓인 휘황찬란한 알현실이 눈앞에 펼쳐졌다.

나는 수업에서 배웠던, 하급 귀족은 평생 쓸 일이 없는 폐하를 알현하는 예법을 떠올리면서 그 자리에서 머리를 숙이고 무릎을 꿇고 공격 의사가 없음을 전달하기 위해 가슴에 손을 얹었다.

도시 곳곳에서 매미 울음소리가 들리고 냉방 중인 실내에서도 더위가 느껴지는 무렵.

더위에 의한 땀인지 식은땀인지는 모르겠지만 등에 축축한 불쾌감을 느끼던 차에, 옥좌에 앉은 초췌한 인상의 노인――라크레시아 왕국 국왕 살루스 9세가 생기 없는 눈빛을 보내며 입을 열었다.

"애쉬 바이스 자작, 고개를 들라."

라크레시아 왕국 수도 한가운데에 우뚝 서 있는 성, 그 알현실에서 무릎을 꿇고 있던 나는 그 성의 주인이기도 한 노인의 목소리에 고개를 든다.

"먼저 내 못난 아들이 경과 피네 슈타우트 양에게 큰 민폐를 끼친 점, 사과한다. 정말 미안하다."

국왕 폐하는 가볍게나마, 일개 신하인 나에게 머리를 숙였다.

그 모습에 주위 시종들이 당황해서 술렁거리기 시작했다.

나도 깜짝 놀란 건 마찬가지였다.

설마 국왕 폐하를 알현한 것도 모자라 사과까지 받을 거라고 누가 생각이나 했겠는가.

"아, 아닙니다! 그 문제는 이미 해결되었으니, 폐하께서 사과하실 필요는 없습니다!"

나는 당황해서 얼른 더 깊이 머리를 숲이며 말했다.

"바이스 자작은 너그럽군. 하지만 국왕으로서, 또 자식을 둔 아비로서 이번 사건을 언급하지 않고 넘어갈 수는 없다."

폐하는 엷은 미소를 짓고는 이내 엄숙한 분위기를 풍기며 시종에게 눈짓했다.

그러자 뒤에서 대기하던 시종이 상당히 고급스러운 하얀 천으로 덮인 길쭉한 나무 상자를 내 앞으로 가져오더니 정중히 봉인을 풀고, 안에 들어 있던 의례용 검을 나에게 보여줬다.

의례용 검의 날밑 부분에는 왕가의 문장을 넣은 방패를 중심으로 양옆에 검을 든 두 명의 기사가 새겨진 선명한 문장이 새겨져 있었다.

수업이나 게임, 설정자료집에서 본 적이 있어서 그것이 무엇인지, 무엇을 의미하는 것인지 한눈에 알 수 있었다.

"지난번 소동으로 공석이 된 왕국 제2 정기사단 부단장직을 맡아주겠나?"

파크는 작위와 재산을 몰수당하고, 제2 왕자와의 관계 및 그 소재를 확인하기 위한 조사를 받았다. 그러나 인지 능력이 떨어지고 몸은 고목처럼 앙상했으며, 말도 제대로 못 하는 폐인에게 얻을 건 없었고, 결국 처형됐다.

"……."

이 의례용 검을 받으면 라크레시아 왕국의 하급 귀족의 정점인 정기사단 부단장직에 취임할 수 있다.

얼마 전까지만 해도 약소 귀족의 후계자나 될 수 있을지 불분명하던 내게, 관직과 신분 상승의 기회가 주어진 것이다.

정말이지 불과 1년 전만 해도 생각할 수 없던 일이다.

『가족을 죽인 애쉬 레벤! 가문을 멸망시킨 애쉬 레벤! 네놈은, 네놈은 반드시 이 대가를 치르게 될 것이다! 똑똑히 기억해라!』

문득 뇌리에 칼 부자가 나를 향해 퍼부었던 악담이 스쳤다.

"……전 아직 어려서 경험이 풍부한 베테랑 기사들을 이끌기에는 어울리지 않습니다."

"보검 탈환에 이번 파크 진압까지. 실적은 충분한 것 같은데?"

"제게는 학업이 있고 어리석은 아버지와 형의 뒤처리도 있으니, 폐하께서 맡기신 기사들을 통솔하기는 어려울 것 같습니다. 부디 명령을 거두어 주시기를 바랍니다."

"흠……."

폐하는 이마에 손을 짚고 깊이 생각에 잠겨 있더니, 뭔가 생각났다는 듯이 고개를 들었다.

"그러면 대리인을 두는 걸로 하지. 현재 제2 정기사단 부단장 대리를 맡는 자에게 경이 학업을 졸업할 때까지 이대로 직무를 대행시키고, 그자는 나중에 근위기사 간부로 영전시키는 건 어떻겠나?"

아마도 폐하는 나를 곁에 두고 싶은, 아니 시선이 닿는 범위에 두고 감시하고 싶은 것이리라.

하지만 그것을 고려하더라도 제2 정기사단 부단장이라

는 자리는 솔깃하고, 무엇보다도 이 이상 고사하다가는 긁어 부스럼이 될 수도 있다.

"거듭된 배려에 황송하옵니다. 정식으로 부단장직에 취임하게 된다면 미력하나마 제 모든 힘을 걸고 폐하의 은혜에 보답하겠사옵니다."

"애쉬 바이스 자작, 그 말을 지금 이 자리에서 들어 안심이다. ……할 말은 이상이다. 경도 오랜 여행으로 피곤할 테니 푹 쉬도록 하라."

"네!"

퇴청 허가가 떨어졌으므로 나는 무릎을 꿇은 채 대답하고 일어났다. 그리고 문을 나가기 전에 다시 한번 폐하께 경의를 표한 후 알현실을 빠져나왔다.

'푹 쉬라고? 잠이나 편히 잘 수 있을지 걱정인데…….'

나는 어깨를 떨구고 한숨을 쉰 후 피네가 기다리는 대기실로 향했다.

"미안. 오래 기다렸지, 피네."

"애쉬 님!"

국왕 폐하와의 알현이 끝나고 대기실로 향하자, 피네가 불안한 표정으로 나를 향해 달려왔다.

"괜찮으세요?! 무슨 고초를 당하신 건 아니고요?!"

"아니야, 그냥 대화가 전부였어."

"하지만 안색이 안 좋은데……."

나를 걱정하는 피네의 얼굴을 보고 미안한 감정을 느끼면서 그녀의 머리를 쓰다듬는다.

"괜찮아. 피네는 걱정할 거 없어."

"그래요……?"

"응. 미안하지만 먼저 저택으로 돌아가 있어. 식사 준비는 안 해도 되니까, 문단속만 해둬."

나는 피네에게 최대한 부드러운 목소리로 이렇게 말하고, 이어서 우리의 대화를 빤히 지켜보는 여자 관리에게 시선을 옮긴다.

"죄송한데 피네를 저택까지 데려다주시겠어요? 저는 아직…… 그 일이 남아서요."

"알겠습니다. 그럼 피네 양, 절 따라오십시오."

"네? 아, 저기……."

피네는 당혹스러운 기색으로 내 얼굴을 보면서 여자 관리를 따라 안내실을 나갔다.

나는 먼저 심호흡으로 마음을 진정시킨 다음, 주먹을 불끈 쥐고 각오를 다진 뒤 그녀들보다 한발 늦게 대기실을 나갔다.

"기다리고 있었습니다. 여기서부터는 제가 안내하겠습니다. 애쉬 님은 절 따라오십시오."

마중하듯 서 있던 사람은 얼굴과 팔에 흉터가 선명하고 수염을 거뭇하게 기른, 갑옷 너머로도 기골이 장대하다는 것을 알 수 있는 거구의 기사였다.

기사의 갑옷에는 엠블럼이 있었는데, 왕가의 문장이 새겨진 방패를 바탕으로 다섯 명의 기사가 검을 들고 있는 모양이었다. 이건 야만족과 몬스터를 상대로 국경을 지키는 최정예 기사, 제5 정기사단의 사람이란 뜻이다.

그런 사람을 안내자 겸 감시자로 붙였으니, 내 대우의 수준이 가히 짐작된다.

이런 생각을 하는 사이에 우리는 성 한쪽에 있는, 창문도 없고 한여름인데도 서늘한 방에 당도했다.

중앙에 깊고 커다란 구멍이 있고, 언데드 몬스터가 출몰하지 않도록 둘레를 성수로 에워쌌으며, 각종 구마 아이템이 구석구석에 놓여있었다.

근처에는 각종 장비로 무장한 성직자들이 준비를 마친 상태로 대기 중이었다.

방에는 제단처럼 생긴 대리석이 있고, 그 위에는 악령을 물리치는 마법 술식이 새겨진 작은 항아리가 두 개 있었다.

성여신교의 가르침에서는, 죽은 자는 육신을 가지고 대지로 돌아감으로써 성여신 메이어가 있는 낙원에서 가장 풍요로웠을 시절의 모습으로 영원한 행복을 얻을 수 있다고 한다.

그래서 성여신교를 믿는 곳에서는 신분과 관계없이 시신을 최대한 생전의 모습으로 유지하지만, 여기에도 예외가 있다. 바로 중죄를 저지른 죄인이다.

죄인은 처형 후 시체를 불태우고, 남은 뼈는 다시 성수를 뿌리고 망치로 가루를 낸다. 남은 가루는 몬스터로 변하지 않도록 특별한 방에서 유골함에 봉인해 격리된 묘소에 둔다.

이러면 세계가 끝날 때까지 죄인의 혼이 현세에 묶여 온갖 고통을 맛보게 된다고 한다.

물론 진짜로 그런지는 아무도 모르지만.

어쩌면 언데드 몬스터들은 알지도 모르지만, 애초에 그들과 대화는 불가능하다.

그렇기에 여전히 미지의 영역인 '죽음'은 종파를 불문하고 두려움의 대상이었다.

"바이스 자작 애쉬 님, 이쪽이 유골입니다. 이것을 이 구멍에 뿌리시면 끝입니다."

계급이 높아 보이는 성직자가 이렇게 말하며 항아리를 나에게 건넸다.

조슈아 레벤과 칼 레벤의 유골이다.

처형당한 귀족의 최후는 유족의 손으로 이 커다란 구멍에 뿌려지는 것이다.

이 아래에는 성녀 클리어의 성유물인 '신성한 수의'가 깔려있다고 한다. 혹여나 시체가 몬스터가 되어도 증오가 확산하는 것을 막기 위해서라고 한다.

파크의 유족도 같은 과정을 거쳤으며, 국왕도 경험했던 일이다.

나는 우선 조슈아 레벤의 뼛가루를 뿌렸다.

『가족을 죽인 애쉬 레벤! 가문을 멸망시킨 애쉬 레벤!』

한때 아버지였던 하얀 뼛가루가 바닥이 보이지 않을 만큼 깊이 파진 커다란 구멍에 뿌려지는 것과 동시에 기사단에 연행되면서 시뻘건 얼굴로 나를 향해 외쳤던 말들이 뇌리를 스쳤다.

비워진 항아리에 성수를 붓고 다시 커다란 구멍에 뿌린 후, 다음은 한때 형이었던 자가 들어 있는 항아리를 집었다.

『네놈은, 네놈은 반드시 이 대가를 치르게 될 것이다! 똑똑히 기억해라!』

"……."

다음은 칼의 뼛가루를 구멍에 뿌렸다.

나는 눈을 감고 수십초간 묵도한 후 출구 쪽으로 몸을 돌렸다.

"수고하셨습니다. 이로써 의식은 모두 끝났습니다. 구마 의식도 마쳤으니, 오늘은 안심하고 주무십시오."

방 안에 있던 성직자 중 한 사람이 나를 보고 온화한 미소를 지으면서 이렇게 말했지만, 솔직히 전혀 마음이 편하지 않았다.

나는 가볍게 고개를 숙이고 말없이 방을 나왔다.

그리고 그 거구의 기사를 뒤따라 성의 출구로 가서 호화롭게 장식된 왕실 마차를 타고 저택 부근 광장에 당도했다.

※ ※ ※

'드디어 돌아왔군…….'

저녁 무렵에 저택 부근 광장에 도착해 마차에서 내린 나는, 한 손으로 뜨거운 햇빛을 가리면서 다른 손으로는 줄줄 흐르는 땀을 손수건으로 닦았다.

레벤가의 자산은 몰수된 뒤 위법성이 있는 것은 기사단의 특수 창고로, 그렇지 않은 것은 경매에 부쳐진 후 고아원이나 가난한자들의 구제를 위해 기부되었다.

레벤가의 자산은 대부분 위법성이 높은 것이었다. 과연 남은 걸로 사회에 얼마나 도움이 됐을지 미심쩍은 부분이다.

내 저택을 비롯한 재산은 '비밀 영역'에서 닥치는 대로 번 돈에서 기인한 것이므로, 이번에는 넘어갔다.

하지만 미래가 다소 불안하니 이 부분에 대한 대처 방법도 생각해 놓아야겠다.

"앗, 애쉬 님! 어, 어서 오세요!"

의식과 하얀 뼛가루에 대해 의식하지 않도록 노력하면서 저택으로 다가가자, 시원해 보이는 미니 원피스로 갈아입고 마당에 물을 뿌리고 있던 피네가 애써 밝게 웃으면서 날 맞이했다.

“다녀왔어. 오자마자 미안하지만, 찬물 좀 갖다줄래?”

“알겠어요. 보리차로 드릴까요?”

“응. 얼음 많이 넣어줘.”

거실에 들어간 나는 소파에 앉지 않고 바닥에 정좌했다. 그리고 그 자세로 천장을 올려다보았다.

나는 지금껏 사람을 죽인 적이 없다. 아마 전생에서도 마찬가지일 것이다.

그러나 이번 일로 아버지와 형을 내 손으로 처형대로 보낸 꼴이 되었다. 방금 그들의 최후를 지켜보고 온 참이다.

그들은 부정을 일삼고 악덕을 쌓고 처자식을 권력을 얻기 위한 도구로 생각했다. 식솔들을 이유 없이 때리는 악한 자들이다. 다 알고 있던 일이다. 그런데도.

사람의 ‘죽음’에 얽히는 것이 이리도 무서운 거였나.

알베리히 때는 충동적으로 살의를 느꼈지만, 피네 덕분에 피할 수 있었다.

그러나 이번 일은 이야기가 다르다.

그들의 마지막 말, 그리고 마지막으로 큰 구멍에 던졌을 때의 그 모습. 그 광경이, 그 목소리가 눈과 귀에 박혀서 사라지지 않는다.

그나마 그들의 처형을 직접 보지 않았다는 점이 다행스러울 정도.

인간의 죽음이란 이다지도 무자비하고 불합리하고 무섭고, 그리고 허무한 것이었던가.

"애쉬 님."

그때 피네가 나를 뒤에서 다정하게 껴안았다.

"피네?"

"애쉬 님은 좌절했던 제게 다가와 손을 내미셨고, 매우 친절하게 챙겨주셨어요. 그러니까……."

피네는 내 앞에 정좌하더니 그 희고 고운 손으로 내 뺨을 어루만진다.

"그러니까 저에게도 애쉬 님을 챙겨드릴 기회를 주세요. 애쉬 님에 비하면 저는 힘이 부족하지만, 그래도 애쉬 님의 그 괴로워하는 얼굴을 못 본 척할 수는 없어요. 그러니까 저에게도 기회를 주세요. 저에게도 의지해 주세요. 그리고……."

피네는 뺨을 붉히고 수줍어하면서도 그 가냘픈 몸으로 나를 꼭 껴안았다.

"피네……?"

"저한테는 마음껏 어리광 부리세요."

나는 전생의 기억이라고는 《인연야회》에 관한 것 말고는 없다. 그렇기에 나에게 가족이라는 개념은 모호한 것이었다.

사생아인 나를 눈엣가시로 여겨, 이곳에 내버려 둔 아버지와 형. 그것이 내가 아는 가족의 전부였다.

그런데…….

"지금부터 아주 한심한 짓을 할 건데, 모른 척해줄래?"

"네. 애쉬 님이 그걸 원하신다면 그렇게 할게요."

나는 피네의 다정한 품에 안겼다. 이윽고 작은 오열이 터졌다. 그리고 사람의, 핏줄로 이어진 사람의 죽음에 관여되었다는 것을, 그에 대한 자신의 미흡한 각오와 지금까지의 고통을 토해냈다.

※ ※ ※

어느덧 밖은 캄캄해져 있었다.

나는 부끄러움을 느끼면서 피네에게서 떨어졌다.

"미안, 시간 너무 오래 뺏었네……."

"신경 쓰지 마세요. 애쉬 님이 저를 위해 쓰신 시간에 비하면 정말 찰나의 순간이니까요."

피네는 변함없이 자애로운 어머니 같은 미소, 아니 그녀의 경우에는 성녀의 미소라고 해야 할까, 아무튼 아무 일도 없었다는 듯이…… 아니, 그 눈은 조금 빨개져 있다.

"저야말로 애쉬 님이 이렇게까지 힘들어하시는 줄 몰랐어요. 정말 죄송해요."

"아니야, 모든 걸 혼자서만 안고 있었던 내가 잘못이지! 피네가 신경 쓸 거 없어!"

나는 황급히 그녀의 말을 부정했다.

피네가 내 고통을 공유할 필요는 없다. 어디까지나 모든 책임은 나에게──.

"그러니까 앞으로는 같이 짊어지게 해주세요. 당신의 고통을, 그리고 당신의 기쁨을."

피네는 내 손을 잡고 다정하게 이렇게 말했다.

천장 불빛에 비친 그녀의 그 모습은 그야말로 성녀라고밖에 표현할 길이 없었다.

그런 그녀의 부드럽고 달콤한 말에 나는 더는 저항할 수 없었다…….

"……그러면 앞으로 잘 부탁해."

"네. 맡겨주세요."

【루트『애쉬 레벤 바이스』해금】

※ ※ ※

──카가토 마을 교회.

모두가 잠든 깊은 밤, 어린 소녀는 나이에 어울리지 않는 두꺼운 책을 닫고 한숨을 내쉬었다.

"이 세계가 《인연야회》와 똑같은 것이었다니. 레벤가가 게임에 나오지 않았더라면 주인공을 만날 때까지 전혀 눈치챌 수 없었을 거야."

소녀는 혼잣말을 중얼거리고는 달빛이 비치는 창가로 이동했다.

"그 애쉬라는 사람, 아마 나랑 같은 처지라고 봐야겠지? 말투나 행동에서 묻어나는 버릇을 보면, 음…… 그 사람이 분명해."

그 소녀, 아이샤가 음흉한 미소를 지었다.

"기껏 핏줄을 찾았으니 실컷 이용해 먹어야 하지 않겠어?"

안 그래, 오빠?

게임 중에는 퀘스트를 모두 클리어하지 않아도 결말에 도달할 수 있는 경우가 제법 있다.

스토리의 결말이 해피 엔딩이라면, 퀘스트의 등장인물도 얼렁뚱땅 구원받았다고 해석할 수 있을지도 모른다.

하지만 반대로, 주인공조차 구원받지 못하는 최악의 배드 엔딩의 결말이라면 어떨까?

주인공이라는 마지막 희망을 잃어버린 그들은, 그 뒤 어떻게 되는 걸까?

※ ※ ※

"오늘 수업은 지난번에 이어서 '상재왕'이라고도 불렸던 조지 4세 폐하의 치세부터 다시 복습해 볼까요?"

여름방학이 지나가고 어느새 돌아온 일상. 왕립 마법 학교의 점심시간 전 마지막 수업에서 나는 주린 배를 움켜잡고 어떻게든 노트 필기를 이어가고 있었다.

교단에서는 모노클에 금발 가발을 쓴 귀족 교사가 이 나라의 역사를 설명하는 중이었다.

《인연야회》에서 왕립 마법 학교의 수업은 공략 이벤트의 복선적인 요소로밖에 묘사되지 않았다.

그러나 현실이 된 이 세계는 그렇지 않았다.

이 세계에는 마법이라는 불가사의한 힘이 존재하기 때문에, 당연히 마법을 위한 수업이 존재한다.

아울러 귀족은 편지 쓸 일이 많은 만큼 글쓰기 수업이 잦고, 매너, 말투, 거기에 검술과 마법 실전 수업, 승마 수업, 그리고 전생의 학교처럼 수학 수업까지 해야 한다.

나는 하급 귀족반인데도 수업을 따라가기가 버거울 지경이었다.

애초에 이 학교에는 유급 제도가 없고, 웬만한 범죄를 저지르지 않는 한 퇴학도 없기 때문에 나처럼 필사적인 녀석은 몇 없지만.

"……조지 4세 폐하가 붕어하신 후 왕위를 이은 게 누군지는 모두 알고 있겠지요? 조지 4세 폐하의 동생이자, 당시 왕위 계승 서열 1위였던 '유혈폭왕' 바스키아입니다."

선생님은 혐오스러운 표정으로 한때 이 나라의 왕이었던 자의 이름을 존칭 없이 불렀다.

조지 4세는 경제 감각이 뛰어나, 라크레시아의 재정을 수 배로 불려 대국의 지위를 다진 인물이다.

그러나 그는 "폐하의 연인은 국고뿐"이라는 말을 들을 정도로 이성에 관심이 없었고, 결국 후손 없이 세상을 떠났다.

그 이후로 라크레시아에는 암흑기가 찾아온다. 바로 마왕의 재림이라는 말까지 나왔던, 바스키아 왕에 의한 학살의 시대다.

빈민, 평민, 귀족, 상급 귀족, 왕족. 신분과 계급에 관계없이, 바스키아는 심복인 자가나드 기사단장과 함께 무차별 살육을 자행하고 시중에서 고문 쇼를 즐겨, 불과 몇 달 만에 라크레시아 수도를 피비린내가 진동하는 죽음의 도시로 바꾸어 놓았다.

"그때, 바스키아의 만행을 부정하며 옛 영웅 아론처럼 분연히 일어선 사람이 바로 '지혈성왕' 살루스 8세 폐하입니다!"

선생님은 교단 위로 몸을 내밀어 가며 왕의 이름을 외쳤다. 이 나라에서는 용사 일행 다음으로 인기 높은 역사 인물이다.

살루스 8세. 선선대 국왕의 아들로, 바스키아가 즉위했을 때, 가족과 측근, 바스키아의 즉위 반대파들과 함께 무기, 돈, 식량 등을 비밀 창고로 옮겨 놓고 매일 망원경으로 수도를 감시했던 인물이다.

그의 측근들은 언제든 살루스 8세와 함께 수도로 쳐들어가 바스키아를 토벌할 각오가 되어 있었고, 실제로 그에게 호소했다고 한다.

그러나 살루스 8세는 아직 때가 아니라며 그 호소를 물리치고, 망원경을 들고 수도를 계속 감시했다.

그런 무의미한 날이 반복되고 반년이 지났을 때, 살루스 8세는 밤중에 투구와 갑옷을 챙겨입고 심복들을 깨워 이렇게 말했다.

"제군들, 오래도록 인내하느라 수고들 많았다. 결판을 지으러 가자."

살루스 8세는 바스키아가 어떤 고문을 즐기는지, 거기에는 얼마나 많은 사람이 필요한지, 얼마만큼의 시간이 필요한지를 자세히 관찰한 끝에, 바스키아가 다음으로 어떤 고문을 할지 정확히 예측할 수 있게 되었다.

이윽고 대대적인 고문으로 수많은 병사가 밤낮없이 작업에 동원되는 날이 찾아왔고, 그는 이를 기회로 삼아 바스키아의 목을 치기로 결심했다.

살루스 8세의 예상대로 그날 밤 바스키아에게 충성을 맹세한 한 줌의 병사밖에 없는 성은 한순간에 함락되었고, 중상을 입은 바스키아는 심복인 자가나드의 호위를 받으며 수많은 병사를 방패 삼아 이웃 나라로 도망쳤다.

비록 폭군을 처단하지는 못했으나 위업을 달성한 살루스 8세는 정식으로 국왕이 되었고, 라크레시아는 바스키아 즉위 이래 잃어버렸던 평화를 되찾았다.

그러나 이야기가 아닌 역사는 당연히 이러고 끝나지 않는다.

큰 병을 앓던 살루스 8세는 즉위 후 얼마 못 가 세상을 떠났고, 그의 아들 리하르트가 즉위한다.

이 무렵 이웃 나라 에푸크 대공국에서는 독재자였던 '갤런드 대공'이 바스키아가 이끄는 군대에 패배하고 정권이 바뀌는 사건이 일어난다. 바스키아는 에푸크 대공국을 '바스키아 왕국'으로 개명하고 왕으로 즉위한 후, 라크레시아의 정통 왕위계승자는 자신이라고 주장하면서 리하르트 왕을 처형할 것을 요구했고, 이를 거절하면 힘으로 수도를 되찾고 반역자들을 섬멸하겠다고 발표했다.

유혈폭왕의 치세를 기억하는 신하들은 당연히 반대했다. 그러나 한편으로는 잔인한 바스키아를 상대로 병약한 리하르트 왕이 전쟁에서 이길 수 있을지는 미심쩍었으므로, 나라를 버리고 도망하는 귀족이 대거 발생했다.

이에 리하르트 왕은 당당하게 바스키아를 반역자로 지정하고, 악마로부터 나라를 지킬 것을 선언했다.

"그렇게 시작된 제1차 플란테넨강 공방전에서…… 어이쿠, 오늘 수업은 여기까지군요."

그때 수업의 끝을 알리는 종이 교내에 울려 퍼지자, 왕국의 역사에 대해 열변을 토하던 선생님은 매우 아쉬워하며 시무룩하게 터벅터벅 교실을 나갔다.

"애쉬, 점심 먹으러 가자."

"응."

그와 동시에 이안이 다가왔다.

나는 가볍게 대답하고 교과서와 공책을 가방에 챙긴 후 같이 학생 식당으로 향했다.

"애쉬 넌 뭐 먹을 거야?"

"오늘은 피네가 도시락을 줄 예정이야."

"오오?"

"뭐야, 그 눈은?"

"아니 뭐, 애쉬는 저쪽 세계로 가버렸구나 싶어서."

묘하게 훈훈한 이안의 눈빛에 섬뜩함이 느껴졌다.

"자, 잠깐! 너희, 그게 무슨 뜻인지 알고서 말하는 거야?!"

갑자기 복도에서 큰소리가 나서 쳐다보자, 무표정한 4명의 민무늬 소매 여학생과 잔뜩 울상을 짓는 금발의 금박 소매 여학생이 있었다.

"물론 알고 하는 말이죠, 앞으로 렌네베르자 백작가와는 어울리지 않겠다는 거."

"렌네베르자 백작가는 알바흐 공작가와도 관계가――."

"바로 그래서 아버지가 저한테 당신과 다시는 어울리지 말라고 엄하게 당부하셨죠. 그러면 이만 실례해요."

민무늬 소매 여학생들은 머리를 까딱 숙이고는 금발의 금박 소매 여학생에게서 멀어진다.

"……저 장면, 이번 주에만 벌써 몇 번째냐?"

"몰라. 셀 수 없이 많이 본 건 확실해."

왕립 마법 학교에는 금박 소매 학생들을 중심으로 한 살롱이 여러 개 있는데, 그중에서도 기사 4인방과 가까운 집안의 금박 소매들이 속한 살롱은 호랑이의 위엄을 빌린 여우처럼 그들과의 친분을 내세워 교내를 휘젓고 다녔다.

그러나 지난번 결투에선 보검 강탈과 테러리스트 습격을 이용한 탈주가 일어나면서 기사 4인방의 권위는 땅에 떨어졌고, 유진, 레콘, 다비트는 지위를 잃은 데다 재산 몰수까지 당했다.

그리고 사건의 중심인물이기도 한 '엘리제'의 생가인 린슈타트가는 귀족 신분과 전 재산을 박탈당하고 친족들은 처형되어 가문은 재기의 여지 없이 완전히 멸망해 버렸다.

이렇게 되자 기사 4인방 및 엘리제와의 친분을 이용해 먹었던 금박 소매 귀족들은 하루아침에 역병신과 같은 존재로 전락해 버렸고, 이렇게 살롱을 대거 탈퇴함으로써 다른 학생들에게 "우리는 그들과 무관하다"는 것을 보여주려는 학생들이 속출하게 되었다.

"왜, 왜 내가 이런 꼴을 당해야 하는 건데……."

복도 한복판에서 망연자실하게 고개를 떨구는 그녀에게 나는 약간의 미안함을 느끼면서 조용히 지나가려 했으나.

"애쉬 레벤……!"

주위 학생들의 반응을 통해 존재를 들킨 나는, 그 이름도 모르는 금박 소매 여학생의 분노와 살기가 담긴 시선을 받고 말았다.

그러나 그녀가 할 수 있는 거라고는 노려보는 게 전부. 애초에 할 수 있는 게 없다. 그녀는 결국 분노로 시뻘게진 얼굴로 그 자리를 떠난다.

"……애쉬, 혹시 몰라서 하는 말인데, 밤길 조심해라."

"응, 그래야겠어."

나는 '참 골치가 아프게 됐다' 하고 한숨을 푹 내쉬고는 다시 이안과 함께 식당으로 향했다.

그 금박 소매 귀족 영애의 살롱의 붕괴, 가 아니라 해체 쇼를 목격하고 몇 분 뒤, 학생 식당에 도착한 나와 이안은 피네가 아직 안 왔는지 확인하기 위해 사방을 둘러보았다.

"!"

조금 떨어진 곳에 피네의 모습이 있었다.

'피네가 상급 귀족 여학생 애들이랑 같이 있다고? 아니, 진정해. 그냥 대화 중일 수도 있잖아. 제길, 여기서는 무슨 상황인지 모르겠는데…….'

또 전에처럼 괴롭힘을 당하는 건 아닐까.

그런 최악의 전개가 머리를 스쳐 초조한 마음으로 그녀에게 다가갔다. 그런데…….

"슈타우트, 고마워! 이제 그분께 드릴 과자를 만들 수 있게 됐어!"

"슈타우트, 괜찮으면 다음에 나한테도 과자 만드는 법을 가르쳐주지 않을래?"

"네, 언제든지 말씀하세요."

뜻밖에도 피네와 금박 소매 여학생들은 서로 웃는 얼굴로 대화하고 있었다. 두 사람은 좀 더 잡담을 나눈 뒤, 피네에게 가볍게 손을 흔들고 떠나갔다.

한편 금박 소매 여학생들과 무사히 대화를 마친 피네는 가슴에 손을 얹고 안도의 한숨을 내쉰 뒤, 뒤늦게 바로 근처까지 온 나를 발견했다.

"애쉬 님?! 언제부터 거기 계셨어요?!"

"과자 만드는 법을 가르쳐달라고 하는 부분부터. 걔들은 누구야?"

"아, 방금 요리 실습 사전 수업이 있었는데, 아까 그분들과 한 반이 되었거든요. 그때 요리에 대해 조언을 해드렸더니 이것저것 질문을 하시더라고요. 그러면서 점점 친해져서……."

이렇게 말하는 피네의 표정은 기쁨 반 불안 반의 오묘한 표정이었다.

작년에 가장 신뢰했던 친구인 엘리제로부터 지독한 배신을 당했으니, 의심이 많아진 건 어쩔 수 없으리라.

'……잠깐. 피네의 친구라고?'

그때 뭔가가 마음에 걸렸다.

《인연야회》에는 원래 피네의 친구 포지션의 캐릭터가 있었는데, 이름이…….

'맞아, 아네스!'

아네스 발렌. 가난한 백작가 영애로, 그런 이유에서 다른 금박 소매들로부터 괴롭힘을 당하다가 피네가 도와준 것을 계기로 친구가 되어, 그 이후로는 연애 게임 내에서 단짝 친구가 되는 캐릭터다.

그러나 이 세계에서 괴롭힘의 대상이었던 것은 피네이고, 그녀의 단짝 친구 자리를 꿰차고 있었던 것은 엘리제이니, 아네스가 지금 어쩌는지 나는 전혀 아는 게 없다.

무엇보다도 아네스가 제대로 스토리에 관여되는 혹은 등장하는 것은 초회에만 발생하는 초반 튜토리얼을 겸한 이벤트나 랜덤 이벤트, 그리고 노멀 엔딩 루트 중 어느 하나이기 때문에 뚜렷한 인상은 남아 있지 않다.

그 이벤트 자체의 내용도 거의 튜토리얼이 메인이라 어렴풋이 기억나는 정도인데, 음…….

"저기, 애쉬 님?"

"미안, 생각 좀 하느라."

"또 무슨 고민 있으세요?"

"아니야. 그냥 멍하고 있었을 뿐이야, 진짜야. 그보다 오늘 도시락 메뉴는 뭐야?"

"가라아게요. 애쉬 님, 이거 좋아하시잖아요."

"가라아게 좋지……. 아무리 나이를 먹어도 가슴을 설레게 하는 요리라니까."

피네와 이런 잡담을 나누면서도, 나는 머릿속으로 한번 나쁜 결말을 맞이한 바 있는 이 세계에서 아녜스가 어떤 모습일지 생각했다.

아녜스는 '가난한 몰락 백작가의 영애로, 가난을 이유로 멸시받고 괴롭힘을 당하다가 피네에게 도움을 받았다'는 정보가 전부이다. 그 이상은 스토리에 관여하지 않는다. 《인연야회》 세계에서도 지극히 평범한 일개 등장인물이다.

기사 4인방의 친분을 등에 업은 녀석들이 괴롭히던 건 피네였고, 그 기사 4인방의 본가는 합당한 처분을 받아 완전히 몰락했다.

이제는 학생들이 피네를 괴롭히던 금박 소매들과 거리를 두는 상황이고, 피네를 호의적으로 대하는 학생들도 생기기 시작했다.

이런 마당에 아녜스가 게임에서처럼 괴롭힘을 당하는 등, 이 일에 엮였을지는…….

'그것도 모르는 일인가. 카가토 마을에서는 마더 힐다가 어쩐지 공략 루트 돌입을 알리는 대사를 토씨 하나 틀리지 않고 말하기도 했잖아.'

공략 대상도 뭣도 아닌 나에게 왜 그런 말을 했는지는

모르겠지만, 적어도 이 세계는 《인연야회》라는 게임 본편 줄거리의 영향을 받고 있을 가능성이 있다.

그러나 그녀와 나는 반이 다르니 접촉할 기회가 없다. 피네도 이제 막 다른 학생들과 교우관계를 쌓기 시작한 참이니 아마 잘 모를 가능성이 크다.

자칫 이 세계에는 아네스라는 인물 자체가 존재하지 않을 가능성도 있다.

'고민해도 답이 없군. 피네가 만들어 준 도시락을 먹는 기쁨이나 곱씹자.'

생각하는 것은 그만두고 눈앞의 현실……이라기보다는 피네의 왼손에 들려 있는 가방 속의 수제 도시락으로 신경을 돌렸다.

※ ※ ※

"와, 이거 호화로운걸."

학생 식당 한구석의 테이블에 앉아서 도시락을 열자, 이안이 감탄했다.

이안의 주문은 학생 식당의 스태미너 덮밥과 채소 샐러드 세트.

나와 피네의 도시락은 가라아게에 계란말이, 문어 소시지, 브로콜리, 방울토마토, 감자샐러드, 그리고 동그란 주먹밥이라는 누구나 생각할 법한 전형적인 도시락 메뉴였다.

참고로 이 세계에는 얼음 마법을 응용해 양산하는 보랭제가 있어서 도시락의 생채소가 상할 가능성에 대해서는 걱정하지 않아도 된다.

……양심 불량 가게 중에서는 보랭제가 들어 있는 것처럼 속여 여름철에 잘 상하고 가격이 폭락한 식재료를 사용한 도시락을 파는 곳도 있다고 하지만.

“그런가요? 고아원 식사 당번 때 자주 만들던 거예요.”

“이런 전형적인 도시락 메뉴는 직접 만들려면 손이 꽤 많이 가잖아. 안 그래, 애쉬?”

“그럼. 가라아게는 기름 처리를 생각하면 귀찮은 요리고, 조리도구를 몇 개씩 써서 요리하는 것도 엄청 귀찮은 일이지.”

나는 이렇게 말하면서 젓가락으로 가라아게부터 집어 입에 넣는다.

씹는 순간 촉촉한 육즙이 입 안 가득 퍼지고, 밤새 재워 둔 듯한 진한 소스의 맛도 어우러져서 최고다. 계란말이도 감자샐러드도 흠잡을 데 없는 맛이라 젓가락이 멈추지 않는다.

“야, 애쉬. 가라아게 하나랑 내 고기랑 교환하자.”

“……그래.”

“야호!”

이안은 내 도시락통에서 가라아게 하나를 집어 입으로 가져갔다.

“우와, 진짜 맛있어. 이거 가게에서 팔면 매일 사 먹겠는데.”

“입맛에 맞아서 다행이에요. 괜찮으시면 이안 님 것도 만들어 올까요?”

피네의 요리 솜씨가 좋은 평가를 받는 것 자체는 매우 기쁜 일이다. 기쁘지만, 현재 나만 먹을 수 있는 것을 다른 누군가도 먹을 수 있게 된다고 생각하자 뭐랄까 마음이 복잡해진다.

“진짜?! 그럼 부탁──!”

“? 왜 그러세요?”

“아, 아니, 3인분이나 준비하려면 힘들 테니까 내 건 됐어. 정말, 진심이야.”

“아니에요. 1인분이나 3인분이나 준비하는 수고는 똑같이 드는걸요.”

“저, 정말 괜찮다니까! ……더 이상 괜한 소리를 했다간 애쉬가 폭발할 것 같아서 그래.”

이안은 마지막으로 내 쪽을 보면서 무서운 거라도 본 듯한 표정으로 뭐라고 중얼거렸다.

어? 내가 이상한 표정이라도 지었나?

‘아무튼 피네의 수제 도시락은 앞으로도 독점할 수 있겠

군……. 응? 갑자기 왜 속이 시원해졌지?'

이안이 피네의 권유를 거절하는 것과 동시에 답답했던 마음이 개운해지는 것을 이상하게 생각하면서도 나는 그녀가 준 도시락을 즐겼다.

"휴, 드디어 끝났네……."

오늘의 마지막 수업이 끝나고 드디어 해방된 나는 늘어지게 기지개를 켰다.

이제 피네와 합류해서 장을 보러 가고, 그다음은 아무 예정도 없지, 음.

"야, 애쉬, 같이 가자."

"……도중에 피네와 같이 장 보러 갈 건데, 그래도 괜찮다면."

"헉, 그럼 방해하면 안 되지. 그럼 대신 자취방 고르는 비결 같은 것 좀 알려줘. 애쉬 넌 기숙사가 아니라 집에서 다니니까, 수도의 부동산 사정에 대해 나보다 잘 알 거 아니야."

오늘 일정에 대해 생각하는데, 이안이 나에게 그런 말을 꺼냈다.

"나도 잘 아는 건 아닌데……. 그런데 너 학교 기숙사에서 지내지 않았어?"

"나도 너처럼 나와서 살지 고민 중이야. 월세도 학교에서 조금은 도와주는 모양이고."

"그래도 너무 갑작스러운데. 무슨 일 있었어?"

내가 묻자, 이안은 갑자기 시무룩해진다.

"오늘 점심에 금박 소매 여학생이 친구들에게 버림받았잖아. 그거랑 비슷한 일이 학교 기숙사에서도 빈발하고 있거든."

"응? 민무늬 소매랑 금박 소매는 기숙사도 다르잖아?"

"웬걸. 민무늬 소매들이 엘리제 사건의 영향을 훨씬 더 많이 받았어. 매일 누군가가 울고불고하거나 분통을 터트리고 있지. 사건과 무관한 사람들은 못 견뎌서 하나씩 나가고 있고."

이안에 의하면 엘리제나 기사 4인방과 친한 금박 소매들과의 친분을 내세워 으스대고 다니던 민무늬 소매들은 금박 소매 이상으로 많았다고 한다.

그러고 보면 엘리제를 제외하면 그들은 상류 계급 중에서도 한 단계 위의 존재였고, 따라서 그들과 직접적으로 교류할 수 있는 학생은 한정된다.

그렇다면 그 학생들에게 아첨해서 그들이 주최하는 살롱에 들어가 다른 학생들에게 위세를 부리는 경우가 더 많을지도.

"그렇게 심한데 관리인이나 학교 측은 아무 대책이 없어?"

"물론 이야기가 오가긴 했지. 그런데 개인적인 사정에는 관여할 수 없대. 어른들도 이 일에 엮이고 싶지는 않다는 거지."

"하긴, 관리인이나 교직원이나 다 평민이니까 당연한가. 이런 민감한 일로 귀족과 엮이고 싶지 않겠지. 하지만 그렇다고 학교가 그냥 손 놓고 있는 것도 이상한데?"

"엘리제 사건 이후로 자퇴하는 학생이 늘었대. 학교도 별수가 없는 거지."

그런 거로군. 어차피 소음 문제 등을 일으키는 학생은 가까운 시일 내에 학교를 떠난다. 그러므로 자신들이 무엇을 하지 않아도 문제는 언젠가 해결될 것이니 굳이 문제에 휘말릴 필요는 없다는 것이다.

참 한심한 이야기다. 어른들의 저열함이 뼈저리게 느껴진다.

"뭐, 그런 상황으로 기숙사를 나오고 싶다는 거로군. 어떤 집이 좋아? 학교와 가깝냐 중앙광장과 가깝냐에 따라 월세가 꽤 달라지는데."

"참고로 어느 쪽이 더 비싼데?"

"압도적으로 광장 부근이 더 비싸지. 학교는 그 쓸데없이 커다란 계단이 있는 데다 실습을 위해 숲 근처에 있어서 불편하기 짝이 없잖아. 반면에 광장 부근은 상점과 철도역, 마차역이 있어서 교통이 편리하고."

"음, 그러면 광장 쪽이 좋겠는데?"

이안은 팔짱을 끼고 고심한 끝에 광장에서 가까운 물건을 선택했다.

"그럼 그렇게 해. 지금은 이사 철이 아니니, 중개소에 가면 금방 찾을 수 있을 거야."

"그렇구나. 고마워! 그러면 내일 봐!"

"응, 내일 보자."

나에게 가볍게 손을 흔들고 나가는 이안을 전송한 후, 나도 짐을 챙겨 교실을 나왔다.

……기숙사가 그런 꼴이라니, 엘리제 사건은 예상보다 더 피해 규모가 큰 것 같네.

보검 클리어 반출에 탈주 등, 그들이 저지른 짓을 생각하면 당연하다면 당연한 일이지만, 그 이외의 학생 관계에 이렇게까지 영향을 미칠 줄은 솔직히 예상하지 못했다.

'돈이 끊어지면 인연도 끊어진다고들 하지만, 이쯤 되니까 정말 환멸을 느끼는군.'

귀족 사회의 노골적이고 야비한 구석을 새삼 느끼면서 건물을 나와 피네와 만나기로 한 장소를 향했다.

그런데 도중 세 명의 민무늬 소매 여학생이 나에게 달려와 앞을 가로막았다.

민무늬 소매들이 엘리제 사건의 영향을 더 많이 받는다는 이안의 말.

그리고 점심에 나를 노려봤던 금박 소매 여학생.

이런 것들로 미루어 볼 때, 나는 묘하게 날 선 분위기를 풍기는 그녀들이 보복하러 온 것이 아닌가 하는 생각이 들었다.

“나한테 할 말 있어?”

내 앞에 서서 아무 말이 없는 그녀들에게 조심스럽게 묻자, 한가운데에 선 여학생이 느닷없이 내 두 손을 덥석 잡았다.

“저, 전 그레이스 준남작가의 노네 그레이스라고 합니다! 애쉬 바이스 님! 괜찮으시다면 저와 차 한잔……!”

“잠깐! 난 판토 자작가의 난나 판토야! 얘보다 작위가 높으니, 나랑 사귀는 게 더 좋을걸?”

“어머나, 판토? 넌 엘리제랑 친했잖아? 애쉬 바이스 님, 저런 더러운 애 말고 저, 돈스 자작가의 노른 돈스와 차 한잔해요.”

세 명의 민무늬 소매 여학생은 야단법석을 떨면서 자꾸 나더러 같이 어디로 가자고 했다.

‘가만, 이 애들…….’

이 여학생들은 점심에 렌네베르자가를 알바흐가와 친분이 있다는 이유로 냉정하게 버린 애들이다.

어쩐지 그녀들이 나에게 말을 걸어온 목적을 알 것 같았다.

직접적인 관계는 없어도, 엘리제 일행과 친분이 깊었던

학생들이 주최하는 살롱에 참가하고 있던 데다 여름방학 전까지 친하게 지냈으니, 역시 다른 민무늬 소매 학생들의 태도가 결코 호의적이지 않을 것이다.

그래서 엘리제 사건에서 엘리제 일행과 적대했던 나에게 붙어 입지를 다시 다지려는 거다.

마침 나는 작위를 받은 참이고, 국왕 폐하를 알현했다는 소문까지 났으니, 이들 눈에는 이전보다 가치가 상승했으리라.

나는 별로 달갑지 않지만.

그러나 상대가 나에게 적의를 품은 건 아니니 거칠게 대할 수는 없다.

그렇다고 언제까지 이렇게 붙들려 있을 수도 없고…….

"오래 기다리셨죠? 애쉬 님, 어서 가요."

쩔쩔매고 있으니, 피네가 미소 띤 얼굴로 여학생들을 밀치면서 나타났다. 그리고 그 희고 가녀린 팔로 내 팔에 단단히 팔짱을 끼더니, 내 손을 잡는 여학생들로부터 나를 떼어냈다.

"야! 애쉬 님은 지금 우리하고――."

"자, 잠깐. 쟤는……!"

민무늬 소매 여학생 중 한 사람이 갑자기 나타난 피네에게 항의하려 했지만, 다른 여학생이 말렸다.

"절 아시는 모양이네요. 하지만 저희는 용무가 있어서

먼저 실례할게요."

피네는 여전히 생글생글 웃으면서 당황한 여학생들에게 가볍게 머리를 숙이더니, 나와 팔짱을 끼고 잡아끌 듯 교문을 벗어났다.

그렇게 한참을 걸어 왕립 마법 학교 학생들이 거의 없는 중앙광장에 도착하자 피네는 팔짱을 풀었다. 그리고 뾰로통한 표정으로 나를 빤히 쳐다보았다.

"저기, 피네? 왜 그래……?"

"애쉬 님, 아까 그 사람들한테 둘러싸였을 때 아무런 저항도 하지 않고 멍하니 계셨죠? 설마 아니겠지만……."

"오해야! 나는 그 사람들에게 전혀 관심 없어!"

"흠, 그럼 됐어요. ……어?"

피네는 내 대답을 듣고 고개를 끄덕이더니, 곧바로 어리둥절한 표정을 지었다.

"저는 왜 이런 게 불만스러웠던 걸까요?"

"그걸 나한테 물어보면……."

"그, 그렇죠?! 죄송해요! 중요한 이야기를 하는데 억지로 끌고 나와서!"

"괜찮아. 나도 이런 귀족 사회에 얽히는 건 별로 반기지 않아서."

나는 엘리제 사건으로 왕립 마법 학교 학생들의 계층 구조가 급격히 변화하고 있다는 것, 아까 그 학생들은 낮에 자신들이 속해 있던 살롱을 주재하는 금박 소매 영애를 매몰차게 버렸다는 것, 그리고 그녀들이 내 직함만 노리고 찾아왔을 것을 설명했다.

"여름방학 이후로 보이지 않는 사람이 많다 했더니, 그런 일이 있었군요."

"응. 앞으로는 권위나 권력을 노리고 접근하는 학생들이 늘어날 테니까 조심해야겠어."

"그렇네요. 저도 조심할게요. 그런 일을 또 겪고 싶진 않으니까요."

엘리제에게 지독한 배신을 당한 경험이 있어서 그런지, 피네는 딱딱하게 굳은 표정이 되었다.

"그렇게 긴장할 건 없지 않을까. 엘리제처럼 교활하게 굴 녀석이 또 있을 것 같지는 않고. 놈들의 파벌도 와해됐으니……."

"……되도록 아무도 다치는 일 없이 해결되면 좋겠어요."

"이번 일로 피해를 본 녀석들은 다 인과응보야. 우리는 최대한 거리를 두고──피네?"

"애쉬 님, 저 사람 좀 이상하지 않아요?"

이렇게 말하며 피네가 가리킨 곳에는 다리에 힘이 풀린 듯 비틀거리며 거리를 걷는 왕립 마법 학교의 교복, 그것도 금박 소매의 교복을 입은 여학생이 있었다.

금박 소매는 웬만해서는 밖으로 나오지 않는다. 필요한 게 있으면 하인을 시키면 되고, 학교에 오락 시설도 있다.

따라서 그들이 학교를 나올 때는 본가에 가거나 행사에 참석하거나 퇴학당했을 때 정도다.

그런데 저 뒷모습, 어디서 본 적이…….

"위험해!"

그때 피네가 사색이 되어 여학생의 교복을 붙잡고 보도 쪽으로 끌어당겼다.

그리고 그녀들의 바로 앞에는 급정지로 인해 흥분 상태가 된 말이 끄는 커다란 짐마차가 있었다.

만일 피네가 도우러 가지 않았더라면 틀림없이 여학생은 마차에 치여 큰 변을 당했을 것이다.

그러나 위험은 아직 끝나지 않았다.

"……제길!"

피네의 가냘픈 체격으로는 여학생을 지탱할 수 없는지 돌바닥에 위로 넘어지려 하고 있었다.

그것을 본 나는 재빨리 내달려 그녀들 밑에 몸을 내던져 머리를 다치지 않도록 했다.

"으으……."

"애쉬 님?! 괜찮으세요?!"

"난 괜찮아. 그보다 두 사람은 다친 데 없어?"

"아, 네. 전 괜찮아요……. 당신은……."

피네가 말을 걸자 그제야 정신이 들었는지 여학생은 일어서서 우리 앞에 엎드렸다.

"죄, 죄, 죄송합니다! 두 분께 큰 폐를 끼쳤어요……."

"이럴 것까진 없어. 얼른 일어……?"

불현듯 나는 지식이 쏟아져 들어오는 감각과 함께 그녀의 뒷모습이 낯익었던 이유를 깨닫는다.

기다란 빨간 머리를 뒤쪽에서 두 갈래로 묶은 '금박 소매' 여학생.

틀림없다. 그녀는――.

'……아네스 발렌?'

연애 게임에는 공략 대상의 호감도나 공략에 필요한 정보를 알려주는 캐릭터, 이른바 단짝 친구가 있다.

그들은 FBI나 CIA에서도 대활약할 수 있지 않을까 싶을 만한 정보수집력을 보유하고 있으며 그러면서 공략 대상 캐릭터에게는 눈곱만큼도 연애 감정을 느끼지 않고 주인공에게 헌신하는 유용한 캐릭터이다.

그러나 연에 게임의 주력은 원하는 캐릭터를 공략하는 것이다 보니 캐릭터와의 스토리도 즐기는 노벨 게임이 중심이 되어갔고, 호감도 시스템이나 친구 캐릭터의 조언 필요성이 줄어들었다.

또 연애 게임 자체가 신규 진입이 어려운 업계이다 보니 RPG나 캐릭터 육성 등의 게임적 요소가 있는 연애 게임도, 소셜 게임에 밀려나 수가 줄어들었다. 최근 대형 게임사의 주력 작품은 공통 루트 후에 좋아하는 공략 대상을 선택하거나 플로 차트를 준비해 놓고 원하는 루트에 돌입하는 식이다.

그런 가운데 《인연야회》는 RPG, 캐릭터 육성, 호감도 시스템, 그리고 친구 캐릭터 등 기존 연애 게임에 있던 귀찮지만, 향수가 느껴지는 요소를 전부 갖고 있었다. 아울러 일러스트도 미려했기에 남녀를 불문하고 많은 관심을 끌게 되었다.

관심이 커지자 폭넓은 층이 《인연야회》를 샀다. 배드 엔딩 루트의 존재가 알려지자, 그 너무나도 우울한 내용 때문에 아마도 제작진이 예상했던 것보다 더 큰 논쟁을 불러일으키고 말았지만.

아무튼 《인연야회》에서 친구 캐릭터로 등장하는 것이 아네스 발렌이라는 빨간 머리 미소녀이다.

그녀는 피네의 옆방을 쓰는데, 게임 서장에서 평민이라는 이유로 겉도는 피네에게 친절하게 대해주는 몇 안 되는 캐릭터라, 많은 플레이어가 그녀를 좋게 본다.

그리고 첫 번째 선택지에서 아네스의 울음소리를 듣고 돕느냐 마느냐에 따라 튜토리얼 이벤트인 아네스의 집단 괴롭힘 시나리오가 개시된다.

그런데 이 세계에서는 엘리제가 피네의 친구 역할을 빼앗았고, 엘리제의 모략에 의해 괴롭힘의 대상도 피네로 바뀌었다.

즉 오늘까지 피네와 아네스는 전혀 접점이 없었다.

※ ※ ※

"……!"

마부는 갑자기 진로에 나타나 하마터면 치일 뻔한 나와 아녜스에게 호통을 치려 했으나, 왕립 마법 학교의 교복을 보고는 목구멍까지 치받쳐 올라왔던 욕설을 삼키고 그 자리를 떠났다.

"괜찮아요? 아까 심하게 비틀거리던데……."

"저, 전 괜찮아요! 그, 그보다 저 같은 사람이 두 분께 폐를 끼쳐서, 어, 어떻게 사죄를 드려야 할지……!"

아녜스는 완전히 패닉에 빠져 울면서 우리에게 연신 머리를 숙였다.

안 그래도 왕립 마법 학교의 교복은 눈에 띄는데, 이런 사고까지 있으니 주변 시선이 온통 이곳으로 쏠렸다.

"일단 어디 조용한 곳으로 가자! 여기서 계속 이러고 있을 수도 없고. 응?"

"흑흑, 네……."

나는 일단 아녜스를 일으켜 세우고, 지난번 결투소동 후에 들렀던 카페로 가 가장 구석 박스석에 앉았다.

다행히 카페 안에 손님은 별로 없었다. 귀족이나 왕립 마법 학교의 학생 또는 관계자도 우리 말고는 없는 듯하다. 이곳이라면 아녜스가 아까처럼 이성을 잃더라도 어떻게든 수습할 수 있을 것 같았다.

"늦었지만 구해주셔서 감사해요. 두 분이 아니었다면 전……. 아, 아직 제 소개를 안 했네요?! 아녜스 발렌이라고 합니다! 정말 죄송했어요!"

"구해준 건 피네야. 감사 인사는 그녀에게 해."

"아니에요! 결국 저희를 구한 건 애쉬 님이었는걸요."

"난 이 애가 위험한지도 몰랐어. 그냥 서로가 도움이 됐다는 걸로 넘어가자. 알겠지?"

"네……."

마침 주문한 홍차가 나왔길래 "좀 마시고 진정해" 하며 홍차를 권했다. 그리고 내 몫의 찻잔을 들고 입으로 가져가는 것으로써 미안한 기색으로 또 뭔가 말하려는 아녜스를 제지했다.

지금의 아녜스는 처음 만났을 때의 피네를 연상케 한다.

자신감도 없고, 아무도 믿지 못하고, 지금 자신의 가까이에 있는 우리조차 믿지 못한다.

다른 점이라면 피네는 적의를 드러냈던 데 반해 아녜스는 완전히 공포에 질려 있다는 것일까.

"마음을 가라앉히세요. 여기에 당신을 해치거나 괴롭힐 사람은 없으니까요."

그때 피네가 아녜스의 옆자리로 옮겨가 그녀의 떨리는 손을 다정하게 잡고 차분한 목소리로 아녜스에게 말한다.

"흐, 흐윽……."

그러나 아녜스는 피네의 말에 진정하기는커녕 오히려 눈물을 뚝뚝 흘리기 시작했다.

"미, 미안해요. 내가 손을 너무 세게 잡았나요?"

"그, 그런 게 아니에요. 전 슈타우트 님이 괴롭힘을 당하는 걸 다 알면서도 무서워서 아무것도 할 수 없었어요. 그런데 이렇게 친절하게 대해주시니 너무 죄송해서……."

마치 참회하는 듯한 말투였다.

그야 괴롭힘을 못 본 척하는 것도 괴롭힘에 가담했다고 볼 수 있지만…….

"절 아세요?"

"무, 물론이죠. 제 기숙사 방은 슈타우트 님의 옆이거든요……."

고개를 떨구며 그렇게 말하는 아네스.

피네는 그녀가 옆방에 살고 있다는 사실에 놀란 눈치였지만, 상냥한 미소로 아네스를 안아주었다.

"다 지난 일인걸요. 전 신경 쓰지 않으니, 당신도 신경 쓸 것 없어요. 그보다 괜찮아요? 심하게 비틀거리던데."

"아…… 그, 그건 그러니까, 애들한테 장난을 당해서, 그래서 조금, 정말로 아주 조금 다치는 바람에——."

"단순한 장난으로 그렇게 되진 않아요! 게다가 긴소매 교복으로 가리고 있지만 여기저기에 붕대를 감고 있죠? 이런 상태로 마차에 치일 뻔한 건 보통 일이 아니에요!"

아네스를 포옹하고 이상함을 눈치챘는지 피네는 진심으로 걱정스러운 투로 아네스를 추궁한다.

“상처를 치료하기 위해서라도 학교를 쉬는 게——.”

“그건…… 싫어요. 전 열심히 학교에 다니는 것 말고는 길이 없거든요…….”

방금까지 겁에 질려 있던 아녜스는 피네의 “쉬어야 한다”는 말에 명확히 거부 의사를 보였다.

확실히 학생 중에는 학교에서 노력하는 것만이 가족을 지킬 유일한 길인 사람도 있다.

이 경우, 이들의 ‘노력’은 면학을 가리키는 것이 아니다.

물론 공부나 검술, 마법에서 뛰어난 성적을 낼 수 있으면 좋지만, 진짜 목적은 귀족의 자제와 약혼하여 신세를 고치는 것이다.

오늘 나에게 말을 걸었던 그 여학생들도 그런 목적이었다고 보면 된다.

“……갑자기 언성을 높여서 미안해요. 하지만 상처는 모른 척할 수 없어요. 제게 보여주세요.”

“슈타우트 님께 그런 일까지 시킬 수는 없어요……. 그, 그리고, 이건 다 제 잘못인걸요. 슈타우트 님은 아무 책임도 없어요…….”

아녜스는 조심스러운 태도로 피네의 제안을 거절했다.

성마법에 혐오감을 느껴서 그런 건 아닌듯하고, 그저 더 신세를 지기 미안한 듯 보였다.

슬슬 나도 한마디 해야겠군.

"피네의 제안을 받아들이는 게 좋아. 피로와 상처는 금방 해결할 수 있으니까. 네가 학교에 계속 다녀야 한다면 더더욱 몸을 신경 써야지. 안 그래?"

"그건…… 그렇네요. 그럼 슈타우트 님, 부탁드려도 될까요……?"

"네! 맡겨주세요!"

피네는 교복을 걷어 붕대가 감겨 있는 팔을 드러낸 아네스를 성마법으로 치료했다.

——그 순간.

'지금 아네스의 왼쪽 눈이 빛난 것 같은데……?'

정말 일순간이지만 분명히 보았다. 내가 의문스러워하고 있으니, 피네가 작게 비명 질렀다.

놀라서 보니 피네의 손에 작은 화상 자국이 생겼다.

아네스 발렌은 아차 싶은 표정으로 하얗게 질려 있었다.

"……."

장보기를 마치고 집으로 돌아와서도 피네는 여전히 어두운 표정이었다.

내가 거실에서 서류 작업을 하는 동안에도 아무 말 없이 주방에서 설거지할 뿐이었다.

역시 카페에서 성마법이 불발된 사건이 마음에 걸리는 모양이다.

아네스는 자신이 또 무슨 짓을 저질렀나 하고 크게 당황했고, 피네도 피네대로 자신이 그녀를 다치게 한 게 아닐지 하는 생각에 분위기가 무겁게 가라앉았다.

그 카페에 왕립 마법 학교의 관계자는커녕 손님 자체가 별로 없었던 덕에 소동으로 번지지 않은 것은 다행이라고 할 수 있을 것이다.

아무튼 나는 분위기를 조금이라도 밝게 하려고 괜히 두 사람에게 아무 말이나 던졌고, 간신히 그 자리는 파하게 되었지만…….

'그런 일이 있었으니, 생각이 많아진 것도 무리는 아니지…….'

피네는 사악한 마법을 부린다고 하여 마녀라는 모함을 당해 학교를 퇴학당할 뻔했고, 이 일로 고향에 있는 고아원에까지 마수의 손길이 뻗칠 뻔했었다.

비록 바보 4인방과의 결투로 그것은 유언비어이고 피네는 마녀가 아니며, 악행을 저지른 건 엘리제와 바보 4인방임을 증명하긴 했으나, 이번에는 피네의 성마법이 이상한 작용을 일으키는 걸 직접 눈으로 보고 말았다.

새로 생긴 작은 화상은 피네가 성마법으로 해결했지만, 아네스에게는 도무지 통하지를 않았다.

엘리제와 바보 4인방이 피네의 성마법에 대해 덧씌웠던 '사악한 마법'이라는 말이 완전한 헛소리인 건 지금까지 그녀가 그것을 사용한 실적만 봐도, 그리고 《인연야회》라는 작품의 설정만 봐도 자명하다.

그런데 아네스에게만큼은 효과가 없었고, 오히려 전혀 공격 의도가 없었음에도 불구하고 피네가 가벼운 화상을 입는 결과로 끝나버렸다. 그리고 그 상처 자체는 피네의 성마법으로 회복할 수 있었다…….

'음, 모르겠어. 정말 왜 이런 현상이 벌어진 거지……?'

생각하면 생각할수록 수수께끼는 깊어만 갈 뿐.

한번 아네스와의 이벤트에 대해 되짚어 볼 필요가 있겠어.

하지만 지금은 그보다 먼저 해야 할 일이 있다.

"피네, 잠깐만."

"예? 아직 집안일이……."

"괜찮으니까, 잠깐만 두고 와봐."

내가 다시 부르자 피네는 마치 혼날 것을 아는 강아지 같은, 그야말로 그녀에게 귀와 꼬리가 있다면 축 늘어뜨리고 있을 것 같은 그런 모습으로 거실로 들어왔다.

나는 아무튼 화가 나지 않았다는 것을 어필하기 위해 최대한 위압적으로 보이지 않도록 조심하면서 평소와 다를 바 없는 태도로 피네에게 소파에 앉으라고 권했다.

피네는 말없이 평소처럼 내 바로 옆에 앉았다.

역시 카페에서 있었던 일 때문에 상당히 의기소침해 있는 듯하다.

"제 마법은, 역시 그, 사악한 마법일까요……?"

무슨 말로 위로할지 고민하는데 그녀가 고개를 푹 수그리면서 울먹이는 목소리로 이렇게 중얼거렸다.

역시 배드 엔딩 이벤트에서 받은 마음의 상처는 그리 쉽게 회복되지 않는 것인가.

나는 작게 숨을 들이마신 후, 피네의 머리를 다정하게 쓰다듬었다.

"애쉬 님……?"

"정말 사악한 마법이라면 너랑 관련된 사람들은 더 불행해졌을 거야. 그리고 발렌의 상처를 치유하는 데는 실패했지만, 발렌을 다치게 한 건 아니니까, 자신을 탓할 필요는 없다고 생각해."

"하, 하지만, 전 발렌의 상처를 치유하지 못했어요——."

"피네가 발렌에게 해주고 싶었던 건 성마법으로 상처를 치유하는 것뿐이었어?"

"아, 아니요, 아니에요! 전 발렌이 괴로운 마음을 갖고 있다면 그 고통을 조금이라도 줄여주고 싶어서……."

"그럼 피네가 지금 해야 할 일은 그렇게 풀 죽어 있는 게 아니라, 발렌을 괴로움으로부터 해방해 주는 거 아닐까? 왜 그런 일이 생긴 건지, 그걸 규명해야지."

"아! ……맞아요, 언제까지고 이렇게 끙끙대고 있으면 안 되죠."

내 말을 듣자, 피네는 눈에 생기가 돈다.

이걸로 됐나?

계속 이렇게 피네의 머리를 만지고 있으면 싫겠지, 싫어서 손을 떼려고 하는데, 그녀가 다정하게 내 팔에 자기 손을 얹었다.

"피네?"

"……뻔뻔한 부탁인 건 잘 알지만, 그러니까, 이대로 좀 더 쓰다듬어 주실래요?"

피네 자신은 아마도 아무 의도 없이 한 행동이겠지만, 눈을 위로 뜨고 응석 부리듯 내 얼굴을 쳐다본다.

이런 부탁을 거절할 수 있는 녀석이 이 세상에 있을까?

"피네가 원한다면……."

"감사합니다."

이렇게 말하고 피네는 내 쪽으로 더 바짝 붙어 몸을 기댔다.

거리가 더 가까워져서 그런지 피네의 달콤하고 부드러운 냄새가 내 코를 자극한다.

"?!"

그렇게 그녀의 머리를 쓰다듬기 시작하고 몇 분쯤 지났을까, 피네가 몸을 더 기대오더니 내 무릎을 베개 삼아 쓰러져 쌔근쌔근 꿈나라로 떠났다.

이건 추측이지만, 피네는 그 성마법의 불발과 그것으로

되살아난 트라우마로 인해 정신적으로 지쳐 있었던 것이리라.

그렇지만.

'사춘기의 건전한 육체에는 여러모로 위험한데……?!'

노리고 한 일은 아니라는 것은 알고 있다.

그렇긴 하지만, 이건…….

'참아야 한다, 참아야 하느니라.'

지금 깨우면 피네가 너무 불쌍하다는 생각에 피네가 자연스럽게 눈을 뜨기를 기다리면서 필사적으로 욕구를 눌렀다.

그렇게 인내하기를 십수 분, 눈을 비비며 주위를 둘러보다 사태를 파악하고 얼굴이 새빨개진 피네가 소리 없는 비명을 지르는 것으로 나는 이 지옥인지 천국인지 모를 시간에서 빠져나올 수 있었다.

"정말로, 정말로! 어젯밤은 죄송했어요!"

다음 날 아침, 거실에서 얼굴을 보기가 무섭게 피네는 연신 나에게 고개를 숙이면서 어제 벌떡 일어난 후에 그랬던 것처럼 거듭 사과했다.

"아니야, 어제 일은 신경을 쓰지 마. 피로가 쌓여 있는데 일을 시킨 나한테도 책임이 있으니까."

"하, 하지만. 일하고 월급까지 받으면서 그런 짓을……!"

거기까지 말하고 어젯밤 일이 생각났는지 피네는 부끄러움에 점점 눈물을 글썽이며 볼이 빨개진다.

"진정해. 난 정말 신경 안 쓰니까. 그보다 오늘 학교 끝나고 뭐 특별히 할 일 있어?"

이런 걸 보면 역시 히로인은 히로인이구나 하면서, 오늘도 평소와 똑같이 수업도 있고 녀석도 만나야 하니 피네를 평상심으로 되돌려 놓기 위해 이렇게 묻는다.

"아, 아니요, 딱히 없는데……."

"그러면 오늘 학교 끝나고 금박 소매 기숙사 근처 분수 광장에서 만날 수 있어?"

"그건 괜찮지만……, 아 혹시 발렌에 대해 조사하려고요?"

"응. 그것도 있지만……."

그때 머리를 스친 것은 피네가 청소하기 전의 저택보다 더 심하게 온갖 책과 빈 포션병 따위가 널브러져 있는 방, 그리고 그곳에서 오늘도 열심히 연구하고 있을 떠오르는 신예 천재 소녀의 뒷모습이었다.

"우선 엔포서가의 천재 영애에게 어제 피네의 마법에 대해 조사를 의뢰하려고."

이 나라의, 더 나아가서는 이 세계에서 마법에 최고로 정통했으나, 웬만한 이유가 없는 한 되도록 만나고 싶지 않은 괴짜에게 피네에게 일어났던 일에 대해 조사를 의뢰

할 생각이다.

그것이 내가 생각한 우선 해야 할 일이었다.

“우와, 이게 다 뭐야…….”

“대단해요. 아니 그런 표현보다는 어마어마하다고 밖에 할 수 없는 레벨이네요…….”

사라사 엔포서. 그 테러 사건 후에 알게 된 것이지만, 그녀는 다양한 마법 이론을 제창하고, 때로는 찬반양론이 벌어지기도 하지만, 전 세계 학자들이 입을 모아 ‘천재’라고 평가하는 나름 대단한 인물인 듯하다.

그러나 학교에서의 생활 태도—— 특히 정리 정돈이 매우 심각해 교사들이 여러 번 주의를 주었지만 전혀 말을 듣지 않고, 그렇다고 해서 학회가 보증하는 그녀를 자퇴시키면 그건 그것대로 왕립 마법 학교의 권위에 흠집이 난다.

그렇다고 그대로 놔두면 다른 학생들과 그들의 하인들까지도 민원을 제기한다.

그렇게 이러지도 저러지도 못하게 된 학교가 취한 행동은 그녀의 방을 기숙사 끝에 배치하고, 그 바로 옆에 있는 지금은 쓰지 않는 방공호 겸 지하창고도 사라사에게 제공하는 특별 조치였다.

여름방학 전에 봤던 그녀의 방은 아직 그럭저럭 인류가

생존할 수 있는 영역이었다.

그러나 지금은 안쪽에서 밀어내는 압력으로 벽이 무너지지 않은 게 신기할 정도였다.

함부로 문을 열었다간 안에서 마법서며 포션 따위가 이쪽으로 우르르 쏟아질 것만 같았다.

하지만 이 기숙사, 아니 이 세계에는 인터폰 같은 게 없기 때문에 안에 있을 사라사에게 문을 열어달라는 말을 전달할 수가 없다.

이를 어쩐담?

그때 어디선가 사라사의 목소리가 들려왔다.

『오, 너희구나! 마침 잘 왔어. 자자, 어서들 들어와.』

"아니, 밖을 감시 중이야? 하지만 주변에 마도구는 없는데……."

『아, 이거? 문 위를 봐.』

그 말에 나와 피네는 언제 무너질지 모르는 문 위를 쳐다본다.

거기에는 붉게 빛나는 돌이 문틀에 박혀 있었는데, 그 내부에 박힌 검은 눈동자처럼 생긴 안개 같은 것이 우리의 움직임을 조용히 감시하고 있었다.

"……들어가고 싶지만, 이 방문 말이야, 끝까지 꽉 차서 안에 있는 것들이 우르르 쏟아질 것 같단 말이지."

솔직히 말해 기괴하기 그지없어서 나는 얼른 시선을 돌

리고 방 안에 무사히 들어갈 수 있겠는지 물었다.

『그것도 문제없어. 빨리 들어오라니까. 너희가 우리 집에 왔다는 건 무슨 흥미로운 일이 있었다는 거잖아? 어서!』

그러자 사라사는 괜찮다고 단언하고, 흥분을 감추지 못하며 빨리 들어오라고 재촉했다.

'만에 하나 산사태가 일어나면 피네를 보호하면서 마법으로 날려버리자.

각오를 다진 나는 피네에게 나에게서 멀어지지 말라고 당부하고는 조심스럽게 손잡이를 잡고 문을 열었다.

"……?"

예상했던 충격은 없었다. 내 눈앞에는 거실로 통하는 마루로 된 복도와 여전히 부스스한 머리에 쭈글쭈글한 교복을 입은 사라사의 모습이 있을 뿐이었다.

문을 압박하던 것들은 도대체 어디로 간 거지?

이렇게 생각하면서 위를 올려다보자, 마력으로 만든 것으로 보이는 그물에 의해 천장에 짓눌려 있는 마법서며 빈 포션병, 용도 불명의 도구들이 있었다.

"빨리 거실로 들어와. 이 마법은 오래 못 가. 거기 서 있다가 깔려 죽는다."

"아, 알았어. 제발 우리가 들어갈 때까지 그 마법을 유지해 줘!"

사라사가 얼굴은 웃고 있지만 어깨를 씩씩대며 말하는

것을 보고 우리는 허겁지겁 거실로 뛰어간다.

그와 거의 동시에 뚝 하고 뭔가가 끊어지는 소리가 나더니 천장에 짓눌려 있던 물건들이 한꺼번에 바닥으로 떨어졌다.

맙소사, 평범한 학교 기숙사 거실에 들어오는 것뿐인데, 어째서 던전의 트랩만큼이나 위험한 거야!

'휴우, 정말 간발의 차이였어.'

거실은 어른 두 사람이 겨우 누울 공간밖에 없는 쓰레기 집이었다. 그 와중에 뭔 마법을 부렸는지 냄새나 벌레가 전혀 없어서 더 기묘하게 느껴질 지경이었다.

이 방 중앙에 있는 작은 원형 테이블을 사이에 두고 앉자, 사라사가 쓰레기 더미를 뒤지기 시작했다.

"미안하지만 주방으로 가는 길이 막혀버려서. 스태미너 회복 포션은 있는데 마실래?"

"아냐, 난 됐어……."

"저도 사양할게요……."

"흠, 아쉽네. 꽤 효과 좋은 포션인데……."

사라사는 무서운 색깔을 한 스태미너 회복 포션이라는 이름을 빙자한 무언가를 쓰레기 더미에 훽 던지더니 이번에는 아마도 논문 따위를 묶어 놓은 듯한 종이 뭉치를 테이블에서 치웠다. 그리고 놀랍게도 아직 새하얀 상태를 유지 중인 메모장과 펜을 꺼낸다.

"그래서? 이번엔 무슨 경험과 발견을 했지?! 듣자니 마상을 상대했다고? 어떤 특성이었지?!"

사라사는 거친 콧김이 얼굴에 느껴질 정도로 바짝 몸을 내밀고 눈을 반짝거리며 누가 봐도 흥분된 모습으로 한꺼번에 질문을 쏟아내더니 사레가 들려 캑캑거렸다.

"아니야. 오늘은 상담할 게 있어서 왔어."

"상담?"

"응, 피네의 마법에 뭔지 모를 현상이 생겨서——."

"그래?"

사라사의 시선을 받자, 피네는 움찔하면서도 작게 고개를 끄덕인다.

"네. 어떤 사람의 상처를 치료해 주려고 했는데 전혀 효과가 없더라고요. 오히려 제 팔에 화상 자국 같은 게 생겼어요."

"흠, 피네의 그 마법으로도 회복시키지 못했고, 오히려 마법을 쓴 자신에게 문제가 생겼다?"

사라사는 종이에 펜을 끄적이면서 나에게 시선을 옮겼다.

"그 사람, 어디 특수한 출신이야?"

"아니, 그냥 평범한 귀족 영애야. 이 학교에 다니는."

이게 게임이었다면 모를까, 지금 우리가 얻은 정보라고는 이름과 용모, 그리고 현재 그녀가 처한 상황 정도가 고작이었다.

"그냥 귀족 자제인데 그 마법이 듣지 않았고, 피네에게 의문의 화상이 생겼다……."

떠오르는 생각을 메모장에 적어가던 사라사는 모르겠다는 표정으로 사선을 긋더니 다시 생각에 잠긴다.

피네와 같이 살기 전까지는 방탕한 생활을 했던 내가 할 말은 아니지만, 이 쓰레기 집에 너무 오래 있고 싶지 않다.

피네가 이 방을 청소하고 싶어서 계속 움찔거리는 것도 무섭다.

아무튼 빨리 결론을 내달라고 마음속으로 빌고 있으니.

"그 학생의 본가는 작위가 뭔지 알아?"

느닷없는 그 질문이 누구를 향한 것인지 알 수 없어 순간 당황했지만, 사라사의 시선으로 그것이 나를 향한 질문인 것을 뒤늦게 깨닫는다.

"정확한 작위는 모르지만, 금박 소매였으니까 상급 귀족일 거야."

"흠, 그렇다면 이것밖에 없는데."

사라사는 메모장의 한 단어에 동그라미를 치고는 그것을 테이블 위에 올려놓았다.

거기에 적혀 있는 글자는…….

"악마?"

"애쉬 넌 귀족이니까 잘 알겠지만, 마왕 전쟁 중에 봉인됐던 악마들은 전쟁이 끝나자 흩어져 일부 귀족들의 손에 들어갔어. 특히 백작가 이상의 가문은 손에 넣은 악마를 소환하는 마법을 써서 정적을 제거하고 자기 가문의 지위를 다졌다고 해. 피네가 다친 건 그 악마 때문일 거야."

아아, 그건 《인연야회》의 서브 이벤트에 나온 적이 있어서 잘 알고 있다. 그것이 사용되는 것도 한 번 본 적이 있다.

그러나 친구 역할에 불과한 아네스와 악마가 과연 무슨 접점이 있을까? 그리고 악마를 자유롭게 부릴 줄 안다면, 그렇게 괴롭힘을 당하고도 저항하지 않는 이유를 통 모르겠다.

"저기, 지금 그 이야기, 진짜인가요? 악마를 부리는 귀족이 있다는 거……."

"아, 카가토 마을에서 교회를 습격한 자가 있었지? 그자가 '악마술사'였어."

나는 게임 내 설정을 가미해 피네에게 귀족과 악마에 대해 간략하게 설명했다.

"하지만 그 화상의 원인이 악마였다 치더라도, 그 자리에는 우리 말고 아무도——."

"악마 중에는 실체화하지 않고 소환한 사람의 정신세계에 머무는 것도 있대. 물론 그 상태로도 현실 세계에 간섭할 수 있고."

사라사는 말하는 와중에도 메모장의 새로운 페이지에 자신의 이론을 적어간다.

"그리고 그런 악마는 주위 사람들의 정신에 간섭할 수 있어. 너희도 무의식중에 그 영향을 받았을 수 있어. 그리고 악마는 특정한 마력을 거부하지. 피네의 마력은 그 학생에게 기생하는 악마가 싫어하는 것이었어. 그래서 너희의 의식을 일시적으로 빼앗은 다음 피네의 마법을 공격적인 것으로 바꾸어 피네 자신을 공격하도록 한 걸 거야."

확실히 《인연야회》의 서브 이벤트에서도 악마에 빙의된 캐릭터는 존재했다.

그러나 아네스가 악마와 관련이 있다는 묘사는 본 적이 없고, 무엇보다도——.

"……그 정도 능력이 있는 악마라면 피네를 죽일 수도 있었던 거 아니야?"

"내가 의아한 점도 바로 그거야. 봉인의 영향을 벗어날 정도로 강력한 악마가 관여되어 있는 건 거의 확실해. 그런데 저항이 너무 약했단 말이지. 이 수수께끼가 도무지 풀리지 않아."

둘이 이러쿵저러쿵 토론하는데 피네가 "저기요!" 하고 우리를 불렀다.

"그 악마를 물리칠 수는 있나요?"

"……가능하긴 한데 정신기생형 악마는 숙주가 된 사람을 오랫동안 붙잡아 둘 필요가 있어. 거기다 정신 간섭으로 구마 행위를 방해할 가능성도 있으니까 어렵다고 볼 수 있지.”

돌이켜보면 게임에 등장한 악마에 빙의된 캐릭터는 숙주가 쓰러져 본체가 튀어나온 순간을 피네가 성마법으로 제거하는 방법을 통해 해방되었다.

하지만 아네스에게 그런 방법을 쓸 수도 없고…….

“잠깐. 의외로 방법이 있을지도?”

이렇게 말하고 사라사는 다시 쓰레기 더미를 뒤져 복잡한 문양의 마법진이 겹겹이 그려진 종이를 꺼냈다.

“뭐, 뭐야 그건?”

“후후후, 바로 내 새로운 마법 이론이 탄생시킨 세계를 놀라게 할 대발명, ‘몽계 공유 술식’이지!”

사라사와 계획에 대해 논의한 다음 날.

나와 피네가 학교의 그 쓸데없이 큰 계단 앞에 도착하자, 우리와 비슷한 나이대의 소녀가 사복 차림으로 발치에 여행 가방을 내려놓고 마차 앞에 하인을 데리고 서 있는 모습이 보였다.

그녀 곁에는 금박 소매 여학생이 울먹이는 목소리로 무슨 대화를 나누고 있었다.

"리제, 널 끝까지 지켜주지 못해서 정말 미안해."

"언니가 왜 미안해? 내가 마음이 약해서 이렇게 된 건데. 다 내 잘못이지. 그러니까, 그러니까 언니는 꼭 이번 야회에서 근사한 남자와……."

"응, 응! 약속해. 반드시 어울리는 남자를 만나 랜달가의 번영을……!"

금박 소매 여학생이 사복 차림의 소녀의 손을 잡고 뭐라고 말했지만, 도중부터 울음소리에 묻혀버린다. 그런 그녀를 사복 차림의 소녀가 다정하게 포옹하면서 그녀들 옆에서 있던 하인에게 시선을 옮긴다.

"겔다, 언니를 잘 지켜줘."

"네, 꼭 그럴게요……!"

하인의 대답을 들은 사복 차림의 소녀는 얼굴을 감추면서 마차에 올라탄다.

"저게 무슨 상황이죠……?"

"엘리제 사건의 여파로 최근 자퇴생이 늘고 있다고 하더라. 저 사람들도 모종의 관계가 있었던 거겠지."

상대를 배웅하는 금박 소매는 엘리제와 같이 다니던 사람이었다. 반면 학교를 떠나는 여동생 쪽은 엘리제와 같이 지내는 걸 본 적이 없다. 아무래도 언니 쪽에 원한을 품은 자들이 여동생을 괴롭히는 방식을 택한 모양이었다.

귀족 사회의 저열한 권력투쟁에서 흔히 사용되는 수법이지만, 1학년 때부터 그런 짓을 한다는 건 장래가 유망하다고 해야 할지, 미래가 어둡다고 해야 할지.

피네에게 이렇게 설명하자 피네는 분노와 미안함이 뒤섞인 표정으로 얼굴을 일그러뜨렸다.

"그럴 수가……."

이것도 악마의 짓이라고 생각할 수 있다면 얼마나 좋을까.

하지만 애초에 악마와 인간 중에서 인간을 더 괴롭히는 건…….

'그만두자. 이런 생각을 한다고 뭐가 어떻게 되는 것도 아닌데. 그보다 우선해야 할 것은…….'

"그건 그렇고, 벌써 '만남의 야회'가 열릴 시기구나. 올해는 예년보다 더 어수선할 것 같다. 아마 우리도 참석하게 될 텐데…….”

나는 피네가 방금 본 것 때문에 침울해지지 않도록 하기 위해 일부러 과장되게 고개를 절레절레 흔들고 크게 한숨을 내쉰다.

“만남의, 야회요? 그게 뭔데요?”

“대귀족의 자제들이 주최하는 사적인 친목회야. 백작가 이상의 영식은 조건 없이 참가할 수 있지만, 나머지는 대귀족의 초대장이 없으면 나갈 수 없지. 표창식의 규모를 확대한 거라고 보면 돼.”

“그러면 저희와는 무관한 이야기 아닌가요? 신분이 높은 것도 아니고, 개인적인 파티에 부를 만한 친분도 없잖아요?”

“무관하진 않아. 아마 우리도 초대장을 받게 될 테니까. 더구나 이 친목회는 교장, 궁중 관계자, 학생의 친족, 때에 따라서는 왕족도 참가하기 때문에, 초대받고도 불참하면 대귀족들의 심기가 불편해져. 그래서 백작가 이상의 신분의 학생에게는 반드시 초대장이 가고, 그걸 받은 학생은 아무리 싫어도 반드시 참가해야 해.”

“네? 어째서죠? 저희의 신분으로는 도무지 초대받을 이유가…….”

“표창식에 나갔던 학생들은 초대하는 게 관례라서 그래. 우리 같은 경우는 테러 진압 공적도 있고. 게다가…….”

"게다가?"

"……아무것도 아니야. 아무튼 그런 이벤트에 참가할 각오는 해두자는 거야."

억지로 대화를 마무리한 나는 피네에게 빨리 학교에 가라고 재촉했다.

《인연야회》의 '만남의 야회'는 말하자면 호감도 조정 이벤트다.

시나리오 진행 중 분기점에 도달하면 자동으로 가장 호감도가 가장 높은 캐릭터의 루트로 진입한다. 다만 그게 꼭 플레이어가 원하던 결과라고는 할 수 없다.

이런 사태를 줄이기 위해 마련된 장치가 바로 '만남의 야회'다. 이 이벤트에서 좋아하는 캐릭터를 골라 같이 시간을 보내면 그 캐릭터의 피네에 대한 호감도는 올라가고, 선택받지 못한 공략 대상 캐릭터의 호감도는 내려간다.

이로써 플레이어는 원하는 캐릭터의 공략 루트에 돌입할 수 있고, 반대로 이 시스템을 악용해 각 캐릭터의 호감도를 일정하게 만들어 배드 엔딩 루트로 향하도록 조정할 수도 있다.

현실이 된 이 세계에서도 똑같이 작용한다는 보장은 없지만, 적어도 이 야회에 피네가 초대되는 것은 거의 확정이라고 봐도 좋을 것이다.

이 일의 문제는 피네에게 상처를 줄 수 있는 사람들이

생겨날 수 있다는 점이다.

피네는 게임과 다르게 이미 배드 엔딩을 경험했기 때문에 다소 경계심이 강하지만, 여전히 귀족 사회에는 문외한이고, 그녀가 가진 능력도 앞으로 귀족 사회에서 어떻게 작용할지도 알 수가 없다.

혹시 모르니 불량한 녀석들이 접근하지 못하도록 초대를 거절 구실을 만드는 게 좋으려나.

'후, 생각할 것도 너무 많고 할 일도 너무 많아……. 내가 가진 모든 정보를 공유할 수 있는 믿을 만한 사람이 있으면 좋을 텐데.'

엘리제와 바보 4인방이 일으킨 후폭풍이 정말 너무 크다.

애초에 변수를 따지자면, 다른 전생자가 없다는 보장도 없다. 또 누군가 비슷한 일을 저지를 가능성도 있다.

사라사도 처음 봤을 때 너무 이질적이라 전생자인가 의심했을 정도다. 그 애는 단순히 천재인 모양이지만.

이런 생각을 하는데 피네가 진지한 표정으로 나에게 말했다.

"저, 애쉬 님."

"응, 왜?"

"……오늘 점심 말인데요, 발렌하고 단둘이 먹을까 해요. 요전에 심한 말을 많이 해서 사과하고 싶어서요."

……피네와 아네스가 단둘이 점심을 먹는다.

게임 본편에선 자주 보던 광경이지만, 아네스에게 악마빙의 혐의가 있다고 생각하면 좀 불안한데…….

"……알았어. 하지만 내 눈이 닿는 범위에서 먹도록 해. 나는 말도 걸지 않을 거고 피네의 앞에도 최대한 나타나지 않겠지만, 위험을 느끼면 바로 도망치고 나를 부르도록 해. 이 조건을 지켜준다면 그래도 좋아, 괜찮지?"

"네! 꼭 지킬게요! 그러면 먼저 어디서 점심을 먹을지 정하는 게 좋겠죠?"

"음, 그러면 학교 식당 테라스석에서. 거기서라면 만일의 사태가 벌어졌을 때 재빨리 밖으로 도망칠 수 있으니까. 조금 난동 부려도 괜찮은 곳이고."

"난동…… 네!"

피네는 내 대답에 다소 당황하면서도 경례하면서 이렇게 대답한다.

"그러면 도시락은 지금 드릴게요. 오늘 도시락은 샌드위치예요."

"오오, 샌드위치! 피네의 요리는 전부 맛있어서 벌써 기대가 되는걸."

"후후, 그렇게 말해주시니 저도 기쁘네요. 그럼 전 이만……."

"응. 다시 한번 말하지만, 위험을 느끼면 꼭 도망치고 내 이름을 불러."

"네!"

이렇게 말하고 나에게 도시락을 건네주고는 가볍게 손을 흔들면서 금박 소매의 반이 있는 건물로 향한다.

'……아녜스와 피네, 둘만의 점심 식사라. 무사히 끝나야 할 텐데.'

※ ※ ※

최근 친해진 같은 반 친구에게 아녜스 발렌이 무슨 반인지 물어본 나, 피네 슈타우트는 쉬는 시간을 이용해서 그녀의 교실, 더 정확하게는 교실 바로 앞에 와 있었습니다.

발렌이 악마에 빙의되었다는 애쉬 님과 엔포서 님의 말은 사실일지도 모릅니다.

하지만 전 그녀와 대화를 나누고 싶습니다.

그때의 실수를 사과하고 싶은 것도 있지만, 그보다는 그녀를 도저히 내버려둘 수 없었기 때문입니다.

발렌과 만났을 때 우리를 향했던 그 눈빛, 그것은 익숙한 눈빛이었습니다.

『상관 마세요. 전 좋아서 여기 있는 거니까요.』

……엘리제에게 배신당해, 주위로부터 미움받고 절망했던 시절의 제 눈과 똑같았습니다.

그래서 더 내버려둘 수 없다. 내버려두고 싶지 않다. 그런 생각에 여기까지 왔지만…….

'역시 긴장되네……. 하지만 애쉬 님에게 겨우 허락받았으니, 용기를 내야지…….'

나는 크게 심호흡하고 각오를 다진 뒤, 발렌이 있는 교실 문을 열었습니다.

"실례합니다. 아네스 발렌 있나요?"

"슈, 슈타우트?!"

교실에 들어가자, 문 근처 자리에 앉아 있던 발렌이 나를 보고 깜짝 놀라더니 당황한 기색으로 내 쪽으로 왔습니다.

"나, 나한테 무슨 일로? 호, 혹시 요전 일 때문에……?"

"아, 아니야. 오늘은 그게, 같이 점심을 먹고 싶어서. 물론 다른 예정이 있다면 거절해도——."

"가, 같이 점심?! 나랑?! 저, 정말 괜찮아?! 꼬, 꼭 같이 먹고 싶어!"

"고마워, 그러면 점심시간에 학생 식당 앞에서 만날까?"

"응……. 아, 학생 식당이면 슈타우트의 식사비도 내가 준비해야 하는, 거지……?"

그때까지 무척 기뻐하던 발렌의 눈이 갑자기 그 차갑고 어두운 눈으로 변했습니다. 그리고 방금까지와는 다르게 무척 주눅 든 말투로 나에게 이렇게 물었습니다.

"아니야. 내가 먹을 건 내가 가지고 갈 거야."

"그, 그래……? 그럼, 똑같은 말이지만, 같이 점심 먹는 거로 하자……!"

"응. 그러면 점심시간에 학생 식당에서 봐."

"응!"

시계를 보고 슬슬 교실로 돌아가야겠다고 판단한 나는 발렌에게 가볍게 고개 숙여 인사하고 내 교실로 돌아갔습니다.

※ ※ ※

"피네 슈타우트……. 저런 천한 애가 짜증이 나게 왜 이 학생 식당에 있는 거야……."

"실력시험에서 성적 상위자로 표창받고 테러 진압에서도 활약해서 공작가의 귀족들도 재를 관심 있게 보고 있다더라."

"마녀 건도 그렇고, 저런 애가 있으면 우리의 품위가 떨어지니까 쫓아내고 싶지만, 지금은 눈 딱 감고 저 평민을 이용해서 저 가난뱅이를 쫓아내는 데 이용하는 게 좋겠어."

※ ※ ※

"오오, 애쉬가 혼자 점심을 먹고 있다니! 무슨 일 있어? 피네랑 싸웠냐?"

점심시간, 학생 식당에서 피네가 만들어 준 샌드위치 도시락을 먹는데 이안이 나에게 말을 걸었다.

참고로 지금 먹는 것은 계란 샌드위치다. 얇게 부친 계란에 오로라 소스를 뿌리고 양상추를 끼운 것인데 무척 맛있다.

다음에 또 만들어달라고 해야지.

"아니. 오늘은 친구랑 먹고 싶다고 해서 혼자 먹게 된 것뿐이야."

"흠. 진위는 둘째치고, 피네가 우리 말고 친구가 생겼다는 건 좋은 일이군."

"그렇지."

여름방학 전, 더 정확히 말하면 그 결투 때까지 피네에 대한 괴롭힘은 정말 지독했었다. 뒷골목에 좋아서 있는다는 말을 서슴지 않고 할 정도였으니까.

아네스와 친구가 될 수 있을지는 둘째치더라도, 반에서 친하게 대화를 나눌 수 있는 친구도 생긴 것 같고, 그녀를 둘러싼 상황은 점점 나아지고 있다고 생각해도 좋을 것이다.

그렇다면 한 번 배드 엔딩을 맞이했던 이 세계도, 노멀 엔딩 루트 정도로는 수정할 수 있을까.

노멀 엔딩과 굿 엔딩의 차이는 공략 대상과 맺어지느냐 아니냐다. 다만 그 공략 대상은 이제 지명수배자가 되었으니, 맺어져서 좋을 게 하나도 없다.

……하지만 피네를 마왕과 싸우게 하고 싶지는 않은데.

성녀의 역할과 관계없이 그녀가 지극히 평범하고 행복한 인생을 살았으면 하지만, 성녀의 힘은 마왕을 상대하려면 필수 요소다.

"아참 애쉬, 슬슬 초대장이 올 시기인데, 넌 어때?"

"……안 그래도 왔어. 나랑 피네더러 참석하라는 초대장 수십장이."

"오오……."

피네에게는 말하지 않았지만, 사실 초대장은 이미 도착했다.

그것도 유력한 공작가와 후작가, 백작가 등에서 수십장이.

물론 전부 갈 수는 없으니 그 초대장 중에서 하나를 골라야 한다. 즉 나머지는 거절해야 한다는 뜻이다. 불편하기 짝이 없다.

"그래서, 어쩔 거야?"

"마음 같아서는 다 거절하고 싶지만 그럴 수는 없겠지. 그거 심지어 슈트나 드레스를 입고 가야 하잖아?"

"가문의 힘을 과시하는 경향이 있으니까, 교복은 안 통하지. 올해는 기사 4인방도 없고 엘리제 사건의 영향으로 집안끼리 헐뜯기 바쁘니 더 살벌하겠네. 높은 사람일수록 어마어마하게 화려한 정장이나 드레스를 준비할걸."

"즉 어마어마하게 불편한 자리가 된다는 소리군. 하

아……."

이전까지 으스대던 녀석들은 입지를 잃었으니, 올해는 금박 소매 중에서도 연회 자리가 불편한 녀석들이 많겠지만, 참석하지 않으면 힘을 잃은 것으로 간주하여 더욱 무시당할 테니 안 나올 수는 없다.

아마 입장이 뒤바뀐 녀석들이 파티장에서 함박웃음을 지으며 그들을 기다리고 있겠지.

아무리 생각해도 곱게 넘어갈 것 같지는 않다.

'정말 쉽지 않은 일뿐이네…….'

이런 생각을 하면서 한숨을 푹 내쉰 순간, 학생 식당에 피네와 아네스가 나타나 오늘 아침에 말한 대로 테라스석에 앉았다.

일단 만남의 야회에 대해 생각하는 것은 나중에 하기로 하고, 피네와 아네스의 점심 식사를 주시하기로 했다.

※ ※ ※

"그럼, 여기서 먹을까?"

"으, 응……."

발렌과 합류한 뒤, 나는 애쉬 님과 약속한 대로 테라스석에 앉았습니다.

애쉬 님은…… 건물 내부에 이안 님과 같이 앉아 있는 것 같았습니다.

나는 그것을 확인하고 내심 안도하면서 가방에서 도시락을 꺼냈습니다.

"아, 슈타우트도 도시락……?"

"발렌도 도시락이야?"

"으, 응. 이걸 도시락이라고 부를 수 있을지 잘 모르겠지만……."

이렇게 말하면서 발렌은 품에서 종이봉투를 꺼내 펼쳤습니다. 그리고 한눈에 봐도 차갑게 굳은 작고 검은 빵을, 그것을 싸고 있던 종이를 접시 대신 깔고 테이블 위에 올려놓았습니다.

"……그게 다야?"

"응. 난 이거면 돼……."

그렇게 어색한 미소를 짓는 발렌은 누가 봐도 무리수를 두고 있었습니다.

"아, 오늘 도시락을 너무 많이 만들어왔는데, 괜찮으면 먹어줄래?"

"정말?! 그 맛있어 보이는 도시락을 내가 먹어도 돼……?! 하, 하지만, 그러면 슈타우트한테 너무 미안한데……."

"발렌이 먹어주면 나는 고맙지. 그러니까 사양 말고 먹어줘."

내가 이렇게 말하며 토마토와 햄과 특제 소스가 들어 있

는 샌드위치를 건네자, 발렌은 눈을 빛내면서 받아 한 입 크게 베어 물었습니다.

"마, 맛있어! 이렇게 맛있는 샌드위치는 태어나서 처음이야……!"

"고마워. 괜찮으면 이것도 먹어."

"그래도 돼?! 고, 고마워!"

발렌은 무척 기쁜 표정으로 같이 건넨 포크로 내 도시락통에서 감자샐러드를 조심스럽게 떠서 입으로 가져갔습니다. 그리고 황홀한 표정을 지었습니다.

"슈타우트! 이거 정말 맛있다!"

"고마워. 더 있으니까 실컷 먹어."

"응!"

진심으로 맛있어하는 모습에 나도 기뻐져 다른 메뉴도 권했습니다. 그때였습니다.

"어머, 발렌 백작가의 영애가 평민한테 자선을 받을 정도로 몰락한 모양이네."

일부러 또각또각 발소리를 내면서 등 뒤로 다가온 여학생의 목소리에 그녀는 순간적으로 사색이 되었습니다.

"그, 그라우디네……."

"안녕, 아네스 발렌 백작 영애. 이제는 다 잃고 저택만 남았다고 들었는데, 그래도 여전히 백작 소리를 들을 수 있다니, 참 부럽네."

흑발의 여학생이 두 명의 여학생을 거느리고 나타나자, 아네스는 겁먹은 눈치였습니다.

"아참, 네 그 지독한 냄새에 우리 집 '개'가 관심을 보이던데, 좀 친해졌어?"

"…………!"

그 말에 발렌은 붕대를 감고 있었던 부분에 손을 댔습니다.

……발렌의 표정은 애쉬 님께 구원받기 전의 저와 몹시 비슷했습니다.

즉 그녀가 그토록 두려워하는 원인은…….

"그리고 피네 슈타우트. 지난번 실력시험에서 표창받은 거 진심으로 축하해. 게다가 서민 출신으로 왕태자 전하로부터 용사 훈장까지 받다니, 정말 훌륭한걸?"

그라우디네는 명백히 저를 깔보는 표정이었습니다.

"그런데 슈타우트. 이 여자는 몰락해서 이름만 남은 상황인 건 모르나 보네. 그런 애랑 친해봤자 좋을 거 없어. 차라리 넓은 영지와 하인들을 거느린 나랑——."

"그거랑 내가 발렌과 친분을 쌓는 게 무슨 관계가 있지?"

"……?!"

정말 이상하게도 내 머릿속은 발렌을 모욕한 것에 대한 분노로 도리어 아주 냉정해져 있었습니다. 그래서 나는 아주 자연스러운 미소를 지으면서 그렇게 되물었습니다.

"너 같은 서민은 잘 모르겠지만, 쟤처럼 몰락한 집안의 사람과 친해져봤자 득 될 거 없다니까?!"

"넌 득실만 따져서 친구를 사귀는구나?"

"귀, 귀족 집안에서 태어났는데 당연하지! 너 같은——."

"그렇지. 난 서민이라서 그렇게 따질 필요가 없어. 내가 발렌과 점심을 같이 먹는 건 그냥 발렌과 친해지고 싶어서야."

그라우디네와 다른 두 명의 여학생은 분노로 시뻘게진 얼굴로 몸을 파르르 떨었습니다.

"기억해! 그라우디네 후작가를 적으로 돌린 걸 반드시 후회하게 될 거야!"

그라우디네는 이렇게 내뱉고는 여학생들을 데리고 식당을 떠났습니다.

나는 작게 한숨을 내쉬고, 시선을 발렌에게 옮겼습니다.

"흑흑……."

"바, 발렌?!"

발렌은 손에 얼굴을 묻고 눈물을 뚝뚝 흘리고 있었습니다.

"저기, 왜 그래……?"

"나를 위해 그런 말까지 해준 게 너무 기뻐서……. 난 이제껏 친구도 없었고, 슈타우트가 심한 짓을 당할 때도 모른 척했는데, 이런 친절을 베풀어 준 게 너무, 정말 고마워서……."

나는 자리에서 일어나 발렌을 꼭 껴안고 다정하게 말해 주었습니다.

"전에도 말했지만 다 지난 일이니까 신경 쓸 거 없어. 그러니까 내가 널 돕는 것에 대해 미안해하지 않아도 돼."

"흑, 으, 응……!"

일단 발렌이 처한 상황과 발렌을 괴롭힌 사람이 누구인지는 알았습니다. 남은 것은 애쉬 님과 의논해서 앞으로의 대응을…….

"저, 저기, 보답이라고 하기는 뭐 하지만……."

"응?"

그때 갑자기 발렌이 울음을 그치고 고개를 돌려 내 얼굴을 쳐다보더니——.

"애쉬 님은 오늘 피네가 해준 계란 샌드위치를 마음에 들어 하는 눈치였어. 그러니까 앞으로도 계란 샌드위치를 만들어 주면 분명 호감도가 올라갈 거야!"

발렌은 가면처럼 어색하게 웃는 얼굴로 그 눈을 보라색으로 빛내면서 이렇게 말했습니다.

우리 집, 발렌 백작가는 관료를 여럿 배출한 명문가…… 였다.

하지만 선대, 대숙부가 투자에 크게 실패해 일가족이 동반자살하고, 유일한 핏줄이자 분가의 당주였던 아버지가 가독을 이어받았다.

하지만 당시 발렌 백작가는 빚을 갚느라 물건을 대부분 팔고도 빚이 남은 비참한 상태였다.

아버지는 작위 반납과 파산 신고를 고민했지만, 오래전부터 발렌가를 섬긴 중신들이 "역사를 끊어지게 하지 말아 달라"고 눈물로 애원했다고 한다.

그들을 내칠 수 없었던 아버지는 우리 자매에게 "너희는 반드시 지킬 테니 용서해다오" 하시며 발렌 백작가를 유지하셨다.

……그 자칭 중신들이 이면에서 횡령을 일삼는 건 전혀 모르는 채로.

일의 전모가 드러났을 때는 이미 그들이 모든 자산은 빼돌려 도망간 후였고, 아버지는 초췌한 표정으로 그들을 지명수배하는 게 고작이었다.

아버지는 영지와 거기에 사는 영민들을 위해 필사적으

로 빚을 갚기 위해 일하고 또 일했다…….

어느새 아버지의 눈에서 생기가 사라지고 얼굴이 홀쭉해졌다. 웃음이 사라지고, 우리와 마주쳐도 잠깐 보고 말았다……. 환하게 웃으며 우리에게 목말을 태워주시던 사랑하는 아버지의 모습은 온데간데없었다.

하지만 그보다 더 큰 짐을 짊어지고 있었던 것은 어머니였다.

아버지는 분가 출신이라 사실상 평민에 가까웠으므로, 평민 출신인 어머니와 연애결혼을 했다. 어머니는 사교 파티에 아버지와 동반 참석하는 것 말고는, 귀족과 무관하게 행복한 인생을 보낼 수 있었다.

그러나 발렌가를 이어받은 후 빚을 갚기 위해 동분서주하는 아버지 대신 다른 가문들을 상대하느라 심신이 피폐해지었고, 이윽고 쓰러지고 말았다.

가문의 상황은 점점 악화할 뿐이었다.

"이제 나는 어쩌면 좋아……."

그렇게 왕립 마법 학교 입학식이 일주일도 남지 않은 어느 날.

나는 거미줄과 먼지만 가득한 텅 빈 서고에 구석에 웅크려 앉아 있었다.

배신자들이 어떻게 되었는지는 여전히 모른다.

이웃 나라로 도망쳤다는 둥 위병에게 붙잡혀 기사단에

넘겨진 후 처형당했다는 등 하는 소문은 들려왔지만, 횡령한 돈은 한 푼도 돌아오지 않았다.

아버지는 방에 틀어박힌 채 좀처럼 밖으로 나오지 않으셨고, 어머니는 계속 몸이 좋지 않았다.

달라진 점이 있다면 아버지가 발렌 백작령의 영지 대부분을 여러 상회에 99년간 대여하는 조건으로 빚을 갚았다는 정도였다.

발렌가로 들어와야 할 돈은 대부분 대상회가 가져갔다. 아버지는 힘이 다했다는 듯 쓰러지셨고, 우리의 생활은 나날이 악화하였다.

『푸하하하! 또 울보 아가씨가 울상을 짓고 있네!』

"시, 시끄러워요! 난 당신과 다르게 여러 가지로 힘들다고요! 볼일 없으면 말 걸지 마세요!"

『그럴 수는 없지! 난 '악마'잖아. 인간의 불행을 무엇보다도 좋아하는 존재! 내 앞에서 우는 네가 잘못이지!』

——서고 책장 구석에 쇠사슬로 꽁꽁 묶여 있는 책 한 권.

책에서 나온 '목소리'는 지금의 내 꼴을 보고 무척 즐겁다는 듯이 웃었다.

책에 제목은 없고, 쇠사슬에 "절대 봉인을 풀지 말 것"이라는 글씨만 남아있었다. 당연히 내용도 볼 수 없었다.

이 책에는 아무래도 옛날이야기나 전승에 나오는 '악마'가 봉인된 듯했다.

그는 내가 이렇게 울고 있으면 책 속에서 나를 놀렸다.

나이 차이가 큰 여동생 앞에서는 차마 울 수가 없어서 울어도 괜찮은 장소를 찾았던 건데, 이제는 안이하게 이곳으로 발을 들인 몇 년 전의 나를 때려주고 싶다.

직접적인 피해는 없지만, 이 악마에게 놀림을 당하면 화가 치민다……!

'하지만 마음을 솔직히 털어놓을 수 있는 유일한 상대잖아. 분하지만.'

왕립 마법 학교에 입학하면 의지할 곳도 없고 불평을 털어놓을 기회도 없을 것이다.

생각만 해도 너무 끔찍하다…….

『너, 곧 여길 떠난다고 했지?』

"그게 당신이랑 무슨 상관이죠?"

『무슨 상관이긴. 헌 옷을 몇 번씩 돌려 입고, 매일 먹을 것도 궁한 백작가의 영애가 거기서 무슨 괴롭힘을 당할지 궁금해서 그렇지!』

"이상한 상상하게 하지 마세요!"

『그럴 수는 없다니까. 나는 악마인걸. 남의 불행이 너무 좋다고.』

나는 이 밉살스러운 악마에게 대꾸하려다 목구멍까지 올라온 그 말을 간신히 눌러 삼켰다.

이 녀석의 말대로, 왕립 마법 학교에 가면 나는 끔찍한

환경에 놓일 것이다.

백작가 출신이니 상급 귀족반에 들어갈 테지만, 현실은 평민보다 가난하다. 백작가의 위엄은 전혀 남지 않았다.

이런 꼴로 귀족 자제들이 서로를 헐뜯으며 위세를 부리는 지옥에 뛰어들면 온전히 끝나지는 않을 것이다.

『흠…… 이봐, 나랑 계약 하나 할래?』

“예?! 지금 그걸 말이라고 해요? 악마랑 계약이라니! 무슨 일을 당할 줄 알고——.”

『나쁘지 않은 거래일걸? 내 힘이 있으면, 차차 네 문제들을 다 해결할 수 있을 테니까.』

“뭘 믿고 그런 말을 하는 거죠?”

『이 봉인은 그리 대단할 게 없어. 이렇게 너랑 얘기하는 것만 봐도 봉인이 얼마나 허술한지 알 수 있잖아? 네 미래를 엿보는 정도야 지금도 할 수 있다, 이거야.』

악마의 말이 진짠지 가짠지는 알 수 없다. 알 길조차 없다.

그렇지만 녀석은 책 속에 봉인되어 있음에도 불구하고 내가 이렇게 도서관에 올 때마다 이런 말 저런 말로 나를 비웃은 게 사실이다. 그러니까 정말로 그런 힘을 갖고 있대도 이상하지 않……을지도 모른다.

하지만.

“악마와의 계약은 모종의 대가를 요구하죠. 난 목숨도

가족들도 내놓을 생각 없어요."

『……계약의 대가. 아, 음. 그렇지.』

악마는 정말로 이제야 그 생각이 났다는 듯이 중얼거리더니 낮게 신음한다.

『그럼 네가 죽을 때까지 이렇게 내 말벗이 되어줘. 그 대신 널 남들 못지않게 잘살게 해주지. 어때?』

그것은 악마와의 계약치고는 너무나도 파격적인 조건이었다.

"무슨 꿍꿍이가 있는 거 아니에요? 그런 게 분명해."

『안심해. 난 거짓말은 안 해. 신께 맹세해.』

악마라면서 무슨 신이야. 이렇게 쏘아주고 싶었지만, 그것도 바보 같다는 생각이 들었다. 눈물이 쏙 들어간 나는 도서관을 나가기로 했다.

『잠깐. 아까도 말했지만, 내가 말한 조건에 꿍꿍이 같은 건 없어! 다른 사람한테는 이런 좋은 계약 조건을 내밀지 않는다고!』

내가 나가려는 것을 눈치챘는지 악마는 나를 불러세웠다.

악마를 알게 된 지도 벌써 몇 년째였다.

괴로울 때는 언제나 이 도서관에서……. 그래서 이 녀석에게 완전히 정이 들어버린 것인지도 모른다.

"다시 한번 확인하는데, 진짜 진짜 다른 조건은 없는 거죠?"

『없어. 오히려 내 힘이 있으면 반드시 잘 풀릴 거라니까? 계약 직후는 마력을 회복해야 해서 조언 말고는 거의 도와줄 수 없지만, 나중에는 정말 달라!』

악마의 그 말에서 지금까지 놀리던 것과는 다른 진지함을 느낀 나는 녀석이 봉인된 책 앞으로 이동한다.

“가족들도 해치지 않을 거죠?”

『그렇고말고. 네 가족들은 절대 해치지 않아. 악마의 긍지를 걸고 반드시!』

“그럼…… 계약해요. 어차피 이렇게 사나 악마와 계약해서 파멸하나 마찬가지니까. 그래서, 어떻게 계약하면 되는데요?”

『쇠사슬에 네 피를 한 방울 떨어뜨려. 그거면 돼.』

생각지도 못한 간단한 계약 방법에 당혹감을 느끼면서도 나는 결심을 굳히고 책장 모서리를 이용해 검지에 상처를 냈다. 그리고 그 흐르는 피를 악마가 봉인된 책을 결박한 쇠사슬에 떨어뜨렸다.

다음 순간, 책이 저절로 펼쳐지더니 거기서 보랏빛 연기가 나와 내 몸속으로 들어왔다.

『배짱 좋은데 그래. 네 미래는 이 ‘몽상의 알디’가 보장하지.』

악마, 아니 알디의 목소리는 책에서가 아니라 내 머릿속에서 들리고 있었다.

나는 이 녀석과 일심동체가 되었다…….

이젠 멈출 수 없다, 물러날 수 없다.

동생과 아버지와 어머니를 지키기 위해서라도 나는……!

『안심해. 그의 자손인 네 인생을 배드 엔딩으로 끝나진 않을 테니까…….』

"내가 계란 샌드위치를 좋아하니까, 다시 만들어 주면 호감도가 올라간다고 했다고? 발렌이 정말 그렇게 말했어?"

"네. 갑자기 울음을 그치더니, 이렇게 말하면 좀 그렇지만, 살짝 음침한 분위기로 그렇게 말했어요."

"발렌한테 내가 학생 식당에 있다고 말했어?"

"아니요, 전혀요……."

방과 후.

학교에서 돌아오는 길, 피네에게 오늘 점심시간에 무슨 일이 있었는지 듣던 중에 흥미로운 말이 나왔다.

바로 전까지 울상이던 사람이, 느닷없이 가면처럼 어색한 웃음을 지으면서 그런 말을 했다.

……이건 게임에서 아녜스에게 공략 캐릭터의 호감도에 대해 질문했을 때 나오는 어드바이스 대사다.

즉 친구 캐릭터인 아녜스의 '원래 기능'을 수행한 것이다. 하지만 그녀가 악마 빙의 상태라면, 정상적인 기능을 수행할 수는 없을 터. 그러면 게임에서도 그녀는 악마 빙의 상태였던 걸까?

그러나 마왕을 토벌하여 '모든 악마'가 소멸한 후에도 아녜스의 대사가 특별히 달라지거나 한 적은 없다.

어, 그러면 악마와 그녀는 무관하다는 뜻인가? 뭐가 어떻게 된 거지?

이러면 악마에 빙의되었다는 전제 조건이 틀렸을 가능성이 생기는데…….

어쨌거나 계획 자체에는 영향이 없지만.

"아참. 금발의 금박 소매가 시비를 걸던데 무슨 일 당한 건 아니지?"

"아……, 네. 뭐라고 해줬더니 금방 돌아갔어요."

"그래. 그럼 다행이고……."

"네. 그러니까 애쉬 님은 아무 걱정하지 마세요."

"응. 알았어……."

사랑스럽지만, 강한 압박이 느껴지는 미소에 나도 모르게 흠칫했다.

그렇게 둘이 집으로 돌아가니, 왠지 저택 앞이 소란스러웠다.

"……저택에 무슨 일이 생긴 걸까요?"

"혹시 모르니 피네는 내 뒤에 있어."

피네에게 경계하라고 당부하면서 조심스럽게 저택 쪽으로 갔더니, 축제라도 열렸나 싶을 정도로 사람들이 구름떼처럼 모여 있었다.

인파의 중심은 누가 봐도 내 저택이었다.

저택 근처에는 왕가의 문양이 새겨진 갑옷을 입은 제1

정기사단—— 즉 근위기사단과 호화롭게 장식된 왕족 전용 마차가 대기 중이었다.

"오오, 드디어 돌아왔군! 애쉬 바이스! 피네 슈타우트!"

빽빽한 군중들 속에서 남들보다 머리 하나는 큰 다갈색 머리카락의 남자가 싱그러운 미소를 지으면서 이쪽으로 다가왔다.

라크레시아 왕국의 왕태자인 엘제스 아 라크레시아였다.

"전하?! 오늘 오신다는 말씀은 못 들었습니다만……?!"

"근처에 용무가 있어서, 지나가는 김에 왔다. 마침 너희에게 용건도 있고."

왕태자가 너무 격식 없이 프렌들리하다.

한마디 하고 싶은 것을 꾹 참고 어색하게 웃으면서 "그, 그렇습니까"라는 대답을 겨우 쥐어짰다.

"그 용건이라는 게……?"

"……원래 이런 일은 동생 녀석을 통해서 전하면 그만이지만, 너희도 알다시피 이제는 그럴 수 없으니까."

이렇게 말하고 엘제스는 밀랍으로 봉인된 편지 두 통을 내게 건넸다.

발신인은…… 왕립 마법 학교 학교장과 엘제스였다. 수신인은 각각 나와 피네였다.

"용건은 이게 전부야. 소란스럽게 해서 미안했어."

엘제스는 이렇게 말하고 웃는 얼굴로 손을 흔들더니 마

차를 타고 성으로 돌아갔다.

구경꾼들도 왕태자 전하의 인사에 기뻐하며 각자 집으로 돌아갔다.

"……일단 집에 들어가자."

"네."

말 몇 마디 나눈 것뿐인데도 녹초가 된 기분이다.

저택에 들어와 사복으로 갈아입은 우리는 일단 편지 내용을 확인하기 위해 거실에 모였다.

"그럼 연다?"

페이퍼 나이프를 들고 말하자, 소파에 나란히 앉은 피네가 고개를 끄덕인다.

우선 수신인이 나로 되어 있는 편지 봉투를 신중하게 뜯자, 안에서 한 장의 편지가 나왔다.

맨 위에는 엘제스와 학교장의 이름이 적혀 있었다. 그리고 그 밑에 이어지는 내용은…….

"『왕립 마법 학교 임시 강당에서 열리는 친목회에 귀하를 초대합니다』."

"이거…… 혹시 요전에 애쉬 님이 말했던 그 초대장인가요?"

"응."

게임에서는 가장 호감도가 높은 캐릭터나 아네스로부터 건네받았었는데…….

피네에게 온 편지도 확인했지만, 별반 다를 게 없는 문장이었다.

"이걸 전하에게 받았다는 건, 야회에 꼭 참석해야 한다는 거네요?"

"뭐, 그렇지……. 차라리 잘된 건지도 모르겠다."

"그게 무슨 말이에요?"

"……잠깐 기다려. 지금 가져올게."

"네? 뭘요……?"

나는 소파에서 일어나 남에게 들키면 곤란한 서류를 보관한 휴대용 금고를 가지고 와서 테이블 위에 올려놓고 그 안에 든 것── 유력 귀족들이 최근에 보낸, 수신인이 나나 피네로 되어 있는 친목회 초대장을 한 뭉텅이 꺼내 그녀에게 보여주었다.

참고로 피네가 수신인으로 되어 있는 초대장이 많았는데, 보낸 사람은 지난번 엘리제 사건 이후에 잘 대처해 피해를 최소화하는 데 성공한 유력한 공작가, 후작가 출신의 학생이 많았다.

"그…… 비밀로 해서 미안. 사실 초대장은 이미 잔뜩 왔었어."

"그랬어요?! 왜 지금까지 숨겼는데요……?"

"이중 누구의 초대에 응할지, 아니면 아예 다 무시할지, 나는 판단이 서지 않아서……. 결국 내가 우유부단한 거지.

정말 미안해."

"사, 사과하지 않으셔도 돼요. 그런 이유라면 저도 애쉬 님의 판단이 이해가 가는걸요. 귀족들한테 이렇게나 편지를 받으면 어떻게 해야 좋을지 당연히 고민이 되죠……."

다행히 피네는 내 설명에 납득해주었다.

"그러던 차에 왕태자 전하로부터 초대장을 받았잖아. 마침 목격자도 많았고."

왕태자 전하의 초대장을 가지고 친목회에 참석하면 다른 귀족들도 불만을 품을 여지가 없다. 다른 귀족들보다 당연히 우선해야 할 상대니까. 여타 귀족에게 우리가 왕태자 전하의 비호를 받는 듯한 착각을 줄 수 있는 것도 장점이다.

다만, 이로써 불참하는 방향성은 사실상 사라졌다. 보는 눈이 많은 곳에서 왕태자에게 직접 초대장을 건네받았으니, 이걸 불참하면 어떤 후폭풍이 닥칠지 알 수가 없다.

안 그래도 불참은 리스크가 컸지만, 이제는 선택의 여지 자체가 없어졌다.

"발렌 문제도 해결 못 했는데 친목회까지 신경을 써야 하겠네요……."

내 설명을 들은 피네는 침울한 표정으로 개최 날짜가 코앞으로 닥친 친목회에 대한 소감을 말했다.

여차하면 저번 표창식에서 테러가 발생한 것, 대강당 수

리가 아직 끝나지 않은 것, 그리고 지난번 레벤가와 제2 정기사단 부단장에게 목숨을 위협받았던 것 등, 온갖 핑계로 어떻게든 빠져나갈 생각이었는데, 이제 퇴로가 없다…….

"아참, 요전 표창식 때 입었던 그 드레스 말이야, 마법으로 새 옷처럼 깨끗하게 만들어놨어."

"교, 교복은 안 될까요……?"

"가문의 위상을 과시하는 자리라 다들 최대한 화려하게 하고 나올 거야. 오히려 교복이 눈에 띄겠지. 그래도 괜찮다면야."

"……드레스 손질하고 올게요."

피네는 얌전히 자신의 방으로 돌아갔다.

아네스 건도 그렇고 친목회도 그렇고, 정말이지 산 넘어 산이군…….

'문제를 하나씩 해결해 나가는 수밖에…….'

※ ※ ※

"역시 올해도 오는 건가……."

학생 기숙사로 돌아오자마자 관리인으로부터 친목회 초대장을 건네받았다.

발신인은 버나드 게르바 공작 영식.

작년 친목회에서 내 몸을 사겠다고 말한 재수 없는 자식이다. 그때는 '알디'가 재치를 부려 잘 넘어갔지만, 과연 이번에는 어떨지…….

엘리제 사건 이후 입지가 약해진 금박 소매 애들한테 화풀이 신세가 되어 버린 통에 몸도 마음도 너덜너덜하다.

솔직히 참석하고 싶지 않다. 하지만 백작가의 영애는 참석이 의무다.

『이런, 오늘도 표정이 어둡군.』

그때, 요즘 조용했던 밉살스러운 목소리가 나에게 말을 걸어왔다.

"뭐죠, 갑자기? 애들한테 괴롭힘을 당했을 때 표정은 더 어두웠을 텐데, 그때 구경하지 그랬어요?"

『어, 음. 나도 그 표정을 보고 싶었지만, 잠깐 볼일이 있어서 말이지……. 그래서 여름방학 이후로 어두운 표정을 본 건 오늘이 처음이라고.』

"악마한테도 볼일이 있군요. 그래서, 평소처럼 날 놀리러 온 거예요?"

알디는 육체도 없으면서 마치 심호흡을 하듯 한 박자 쉬고 무거운 어조로 이렇게 말했다.

『마력이 어느 정도 회복됐어. 전성기만큼은 아니지만 그 친목회에 참석할 놈들에게 네가 느꼈던 고통을 맛보게 해 줄 수는 있지. 자, 어떻게 할래, 아네스 발렌?』

인생 두 번째 악마의 유혹. 하지만 내 대답은 지난번과 다르게 금방 나왔다.

"마침 잘됐네요. 그들도 슬슬 겪어봐야 하니까요……!"

나는 그들이 보낸 '미친개'에 물린 상처를 감은 왼쪽 팔의 붕대를 오른손으로 만지면서 이렇게 대답했다.

※ ※ ※

"이, 이렇게 금방 다시 이 드레스를 입게 될 줄은 몰랐어요……."

마차 안.

옆에 앉은 피네는 오랜만에 선보이는 드레스 차림의 자기 모습에 수줍게 뺨을 붉히고 있다.

그렇게 수줍어할 거 없어. 그 드레스, 정말 잘 어울리니까.

그렇게 말해주고 싶지만, 반짝반짝 빛이 나는 피네의 모습에 나도 모르게 부끄러워져 입을 닫고 말았다.

"뭘 그렇게 부끄러워해? 요즘 어떤 게 유행하는지는 몰라도, 내가 보기에는 아주 잘 어울려."

내가 갈팡질팡하고 있으니 사라사가 넉살스럽게 피네를 칭찬했다.

그녀의 말에 어이가 없어진 나는 가볍게 한숨을 내쉬며 맞은 편에 앉은 사라사의 복장을 위아래로 보았다.

"그런 넌 왜 또 교복인데, 사라사 엔포서 '백작' 영애? 드레스를 입고 오라고 하지 않았던가?"

"어차피 의무 사항은 아니잖아? 애초에 난 거기서 누굴 만날 생각이 없는걸. 다 작전 때문에 가는 거지."

그녀가 하품하며 대답했다.

부스스한 머리에 쭈글쭈글한 교복 차림으로 심드렁하게 대답해도 말이지…….

"……그러고 다녀도 부모님이 아무 말 안 하셔?"

"우리 집 가풍은 '자유롭게 살고 자유롭게 죽자'거든. 왕궁의 더러운 권력투쟁에 낄 마음도 없고, 그런 이유로 부모님한테 잔소리를 들을 일도 없어. 사람은 안 죽이겠다는 약속은 받아내셨지만."

즉 약속하지 않았더라면 사람을 죽였을지도 모른다는 건가?

이 녀석도 일단 백작가의 영애니 여차하면 초대장을 써 달라고 할 생각이었는데, 안 그러길 잘했다.

"그런데 이 마차는 승차감이 별로네. 표창식 때 데리러 왔던 마차는 좋았는데."

"그건 국빈을 태울 때도 쓰는 마차라 충격이나 흔들림을 흡수하는 마법이 걸린 특별 사양이야. 이 마차도 값은 꽤 나가는 거야."

친목회, 아니 만남의 야회는 가문의 힘을 과시하면서 앞으로 가문에 득이 될 반려자를 찾는 것이 목적이다.

본래라면 이동 수단에 불과한 마차도 힘을 과시하기 위한 것으로 변질되어 각 가문은 재력이 되는 한 최고급 마차를 준비하는 분위기가 생겼다. 이제는 행사장에 도착했을 때 최고급 정장이나 드레스에 온갖 장신구를 착용한 채 마차에서 내리는 퍼포먼스를 하는 것이 연례행사다.

이번 친목회를 위해 특별히 빌린 이 마차도 평소에 타기에는 아까울 정도로 호화로운 마차지만, 보유가 아니라 대여라 행사장에 있는 상급 귀족들로부터 비웃음을 겨우 면하는 정도일 거다.

멀미로 얼굴이 하얗게 질려 있다면 그것도 무의미하지만!

"그런데 아녜스 말인데요……."

그때 아직 자기 드레스 차림을 부끄러워하면서 피네가 조심스럽게 손을 들고 나에게 말한다.

"아, 그 후에도 몇 번인가 같이 점심 먹었지? 뭐 특이한 점이나 이상한 점 없었어?"

"친목회 날짜가 가까워질수록 기운이 없어졌어요. 식욕도 정말 없어 보였어요……."

백작가 이상의 가문은 참석이 의무 사항인 만큼 아녜스도 이 친목회에 오는 것은 거의 기정사실이다. 하지만 반드시 그렇다고는 단정할 수 없기 때문에, 피네에게 계속해서 아녜스와 같이 점심을 먹으라고 했었다.

그 후에도 그 검은 머리의 금박 소매 여학생과 똘마니들이 몇 번 시비를 걸어왔지만, 피네의 천사 같은 미소에서 나오는 기세에 눌려서, 적어도 그녀가 있는 곳에서 아녜스에게 시비를 거는 일은 없어졌다.

또 그것이 계기가 되었는지 피네와 아녜스는 성이 아니라 이름을 부르는 사이가 될 정도로 친해졌지만, 성마법을 받았을 때 발생했던 그 현상에 대해서는 아직 알아낸 바가 없다.

그래도 아녜스를 둘러싼 상황에 대해서는 대충 파악했다.

역시 그녀는 따돌림을 당하고 있었다. 발렌 백작가는 원래 파벌에조차 들지 못할 정도로 입지가 없는 가문이었는데, 엘리제 사건 이후로 괴롭힘이 더 심해졌다.

작년에 열렸던 친목회에서는 어떤 상급 귀족 영식에게 노골적인 성희롱을 당했을 정도라고 한다.

그 멍청이의 이름은 버나드 게르바.

원래 돈 많기로 유명한 유력 귀족의 아들이었는데, 엘리제 사건을 무사히 넘긴 덕에 영향력을 잃지 않았다. 오히려 그의 아버지는 바보 4인방의 부모들이 자결한 후 관료가 되는 등 대귀족으로 성장하고 있으며, 외아들인 버나드도 장래 유망한 금박 소매로 평가받게 됐다.

그러나 버나드는 여성 편력이 고약하고, 지금도 자신의 기숙사에서 여러 여자와 같이 산다는 소문이 있다.

그놈은 아녜스에게 몸을 팔라는 말을 했다고 한다.

아네스의 말로는 "친절하신 분이 재치를 발휘해 주신 덕에 겨우 모면했다"고. 그런 놈은 한 번 실패했다고 해서 쉽게 포기하지 않을 것이다.

"아, 하지만 마지막으로 점심을 먹었을 때는 조금이지만 기운을 되찾은 것 같았어요. 아니, 더 정확히 말하면 의욕이 충만한 듯한? 그런 느낌이었어요."

"의욕이 충만해……?"

"아직 가설이지만, 악마에 빙의된 상황에서 스트레스를 주는 장소에 가게 됐는데, 기운을 되찾았다는 건 이상하지. 아니, 애초에 기운의 정의부터……."

피네의 말을 들은 사라사는 혼자 중얼거리면서 자기만의 세계에 빠져들었다.

괴롭힘을 당해 심신이 피폐해진 상태로 나쁜 기억만 있는 친목회에 나가는데 의욕이 생겼다? 그녀의 처지를 생각하면 거기서 겉돌건 불 보듯 뻔한 상황일 텐데.

"흠. 그런데 피네 슈타우트, 그 아네스 발렌을 괴롭힌다는 녀석들도 오늘 밤 친목회에 참석하나?"

"아마 그럴 거예요. 우리한테 '너희와 다르게 우리는 친목회에 입고 갈 드레스를 고르느라 바쁘거든'이라고 했거든요."

"……그렇다면 아네스 발렌이 의욕이 충만해진 이유도 거기 있겠군."

사라사는 피네의 말에 어딘지 시시하다는 투로 이렇게 말한다.

"그녀는 악마(추정)의 힘을 빌려 무슨 짓을 하려는 거야. 그리고 그건 아마── 복수겠지."

※ ※ ※

백작가 이상의 자재들과 그들에게 초대받은 학생, 관계자들이 한데 모여 반려자를 찾거나 연줄을 만들거나 파벌끼리 대립하는 혼돈의 '친목회'가 조용히 시작되었다.

저번에는 제2 왕자 전하 일행을 중심으로 성대한 개회식이 열렸지만, 이번에는 다소 조용하게 진행되었다. 아무래도 제2 왕자가 벌인 만행의 영향이 있는 듯했다.

이제는 아무래도 상관없는 일이지만.

"여러 번 말하지만, 피네는 절대 휘말리게 하지 않을 거예요. 알겠죠?"

『알겠다니까. 이번 일로 그 애가 피해를 보는 일은 없을 거야.』

"……그 말 믿어요. 그럼……."

"어머나, 백작가의 영애씩이나 되시는 분이 친목회장에 붕대를 감고 오다니. 발렌가는 이런 기본적인 것도 안 가르치나?"

알디에게 마지막 확인을 하는데, 그토록 듣지 않기를 바랐던 그 목소리가 들려와 마음이 크게 동요했다.

고개를 돌리자, 검은 머리에 새빨간 드레스를 입고 두껍게 화장한 영애가 있었다.

"그라우디네……."

내가 가장 두려워하는 상대인 그라우디네가 평소처럼 추종자들을 거느리고 다가왔다. 주변에 피네가 없는 게 몹시 흡족한 듯 보였다.

『이제 네가 상상력을 발휘할 차례야.』

——하지만 이것이 성공하면 나는 더 이상 고통받지 않아도 돼.

이렇게 다짐하자 두려움이 다소 누그러진 기분이 들었다.

"아, 전에 보니까 우리 집 개가 너한테 착 달라붙어서 장난치더라? 너무 더러워서 평소 갖고 노는 장난감이랑 착각했나 봐. 너한테 붙어 있는 잡균이 옮진 않았을까 걱정이야."

나를 개 이하, 아니 물건 이하 취급하면서 그라우디네는 진심으로 재밌다는 듯이 비웃었다.

지금까지는 이 애들이 질려서 가버릴 때까지 굴욕적으로 참을 수밖에 없었다.

하지만 지금은 다르다.

"그래…… 그 개는 내가 장난감처럼 보였겠지. 지금의 너처럼."

"……뭐? 지금 말 다 했어?"

"그, 그라우디네! 위, 위를 봐?!"

"아 씨, 또 뭔데? ……히익?!"

내 머리 위. 거기에는 그라우디네가 나를 다치게 하려고 개를 풀었던 것처럼, 그라우디네를 노려보는 마견(魔犬)이 있었다.

"저 개도 널 가지고 놀고 싶대. 저 개가 만족할 때까지 상대 좀 해줘."

이렇게 말하고 오른손을 그라우디네에게 향하자, 마견이 커다란 입을 벌리고 그 애들에게 달려들었다.

『여기엔 널 방해할 존재가 없어. 어디 마음껏 해봐.』

"안 그래도 그럴 생각이에요. 내가 얼마나 힘들었는지 깨닫게 해줘야 하니까……!"

"어? 거기 너, 아네스 발렌 백작 영애 아니야?"

내가 지금껏 당한 일에 대한 복수를 하면서 행사장을 돌아다니는데, 소름 끼치는 목소리로 누군가가 나를 불렀다.

짧은 갈색 머리에 반짝거리는 장식품을 잔뜩 한 남자. 너무 과하게 치장한 탓에 왕자 놀이를 하는 어린애처럼 보일 지경이었다.

아, 생각났다. 이 남자는――.

"버나드 게르바 님?"

“날 기억하다니, 내 이 미모가 네 마음에 콱 박혀 있었던 모양이네.”

버나드 게르바는 내 대답도 허락도 듣지 않고, 붕대가 감겨 있는 내 팔과 가슴을 허락도 없이, 마치 당연한 권리라도 행사하는 것처럼 무례하게 만지기 시작했다.

“역시 네 몸은 약간 상처가 나도 보석처럼 아름다워. 다시 한번 기회를 주지. 내가 널 사겠어. 그 돈을 가족들에게 주면 생활이 조금은 나아질 거야.”

버나드는 자기 용모에 어지간히 자신이 있는지 내 어깨에 두 손을 올리고 얼굴에 콧김이 느껴질 정도로 가까운 거리에서 이렇게 속삭였다.

“……거절할게요. 당신한테 몸을 팔 바엔 악마한테 영혼을 파는 게 더 나으니까요.”

“이런. 내게 반항하려고? 우리 게르바가는 이름뿐인 귀족 따윈 가볍게 뭉개버릴 수 있는데? 기회를 줄 때 네 모든 걸 나한테 바치겠다고 맹세하는 게 어때?”

남자의 얼굴과 목소리에서 명백히 초조감이 느껴졌다.

모욕을 당해 몹시 화가 난 것이리라.

하지만 내가 알 바 아니다.

“몇 번이든 말하죠. 거절합니다.”

“그럼 너를 비롯한 발렌가는 오늘 끝── 어?”

버나드가 시뻘게진 얼굴로 내 뺨을 때리려고 오른손을

치켜든 순간, 마견이 그의 팔을 날려버렸다.

"끄아아악?! 뭐야……. 뭐야, 이 괴물은?!"

"제가 기르는 개랍니다. 물론 다른 개들과는 조금 다르지만요. 제가 품은 증오가 잔뜩 깃들어 있거든요."

"대, 대체 무슨 소리를 하는 거야?"

"이해 못 하면 됐어요. 당신의 그 역겨운 목소리를 듣기도 질렸거든요."

나는 몸이 뜯겨 죽어가는 버나드에게 최후를 선고했다.

"잠깐, 잠깐만! 돈이라면 얼마든지 줄게! 공작가의 가독도 넘겨줄게! 그, 그러니까 목숨만은……!"

"시끄러워 죽겠네."

꼴사납게 목숨을 구걸하던 버나드는 마견에 의해 붉은 얼룩이 되었다.

"아하하! 그렇게 잘난척하던 녀석이, 최후가 이런 꼴이라니! 아이, 고소해!"

나는 피로 얼룩진 장식의 잔해를 몇 번이고 반복해서 짓밟고 걷어차고…….

"휴, 이제야 끝났네……."

나를 괴롭혔던 놈들은 모두 죽었다.

그렇게 오랫동안 고통을 받았는데.

내 복수는 이렇게 금방 끝나버렸다.

더 고통스럽게 하고 싶었는데. 더 괴롭게 하고 싶었는데.

내가 받은 모든 고통을 그자들에게 주고 싶었다.
그런데 이젠 그럴 수 없게 되었다.
바로 나 자신이 그렇게 했으니까.
……잠깐. 지금 생각할 건 그런 게 아니야.
"나, 나…… 사람을 죽였어. 이 손으로 몇 명이나……."
악마에게 혼을 파는 건 인간이기를 포기하는 길임을 알고 있었다.
알고 있었는데도 견딜 수 없었다.
심한 현기증과 두통, 그리고 위 속에 있는 것을 전부 게워버리고 싶은 구역감, 그런 고통이 엄습해 나는 가까운 테이블에 손을 짚고 가까스로 몸을 지탱한다.
이렇게 하자고 결정한 것은 나다. 이것을 선택한 것은 나 자신이다. 그러니까 이 죄에서 도망칠 수…….
"……아녜스."
그때 내가 지금 가장 듣고 싶지 않은 목소리가 들려온다.
"피, 피네……."
이 지옥 같은 학교에서 처음 생긴 내 친구.
별이 총총한 밤하늘처럼 아름다운 비취색 드레스를 입은 그녀는 피로 얼룩진 나와는 정반대로 너무나도 존귀하고 아름다웠다.
그녀와 비교하면 나는 더럽고 추악한 존재였다.
악마는 피네를 끌어들이지 않겠다고 약속했다. 그런데

지금에 와서 이런 감정을 느끼다니. 그녀는 나를 벌하기 위해 여신님이 보낸 천사인 걸까.

그러나 피네가 평소와 같이 다정한 미소를 지으며 나에게 다가왔다.

"오면 안 돼……. 나, 난 피네처럼 다정한 사람하고 같이 있으면 안 돼……."

"왜?"

"왜, 왜냐하면 난 내 욕망 때문에 많은 사람을 죽인 추악한 인간이니까……."

그렇다. 난 이제 피네와 어울릴 수 없다.

그러면 그녀의 가치도 떨어질 것이다. 그러니까――.

"아니, 넌 아무도 죽이지 않았어."

"그, 그럴 리 없어! 내 몸에 이렇게 많은 피가……!"

"그건 네 착각이야. 애초에 여긴……."

어느새 내 눈앞으로 이동한 피네는 눈을 감고 가슴에 손을 댄다.

그러자 그녀의 몸이 눈 부신 빛으로 덮이더니――.

"꿈의 세계니까."

피네의 모습이 비취색 드레스에서 익숙한 교복으로 바뀌었다.

——2시간 전, 마차 안.

"아녜스가 복수를요?"

"인간은 뭔가를 하겠다고 마음먹으면 자신을 채찍질하기 위해 의욕 과다가 되는 경향이 있지. 그리고 아녜스 발렌을 둘러싼 상황을 볼 때, 그녀가 고를 행동은 복수야."

내 추리에 피네는 뭔가를 말하려다 입을 다물어버린다.

그녀와 내가 치렀던 바보 4인방과의 결투, 그것도 복수의 일종이다. 피네는 그때를 회상하며 납득한 것이리라.

"문제는 그 복수의 방식이야. 상대를 괴롭히거나 굴욕감을 주는 선에서 끝날 수도 있고, 극단적으로는 목숨을 빼앗을 수도 있지."

한편 나보다 한발 먼저 복수의 가능성을 예상한 사라사는, 그녀가 어디까지 저지를지를 가늠하고 있었다.

하지만 그녀에게 붙은 '악마(추정)'가 왜 번거롭고 애매한 방법을 쓰는지는 여전히 의문이다.

만약 복수에 의해 뭔가를 얻고자 하는 것이라면 피네와 점심을 같이 먹음으로써 스트레스를 해소하는 방법은 택하지 않았을 것이다.

게다가 '악마'는 한 번 피네를 경계해 그녀를 다치게 했다.

그런데 지금은 피네의 접근을 허락하고 있다. 행동에 일관성이 없다.

"우왓?!"

그때 친목회가 열리는 임시 강당 앞에 마차가 멈춰, 맞은편에 앉아 있던 사라사가 내 쪽으로 쓰러졌다.

그녀의 몸은 보기보다 더 가벼웠다. 누가 챙겨주지 않으면 굶어 죽는 건 아닐지 걱정이다.

"괜찮아?"

"아, 응. 넘어져서 미안……. 그런데 피네, 왜 날 그렇게 빤히 보는 거야?"

"앗, 제, 제가 그랬나요?"

"음. 아주 살벌한 시선이었어. 나도 모르게 몸이 부르르 떨렸는걸."

"죄, 죄송해요! 그런 줄 몰랐어요……!"

"흠. 무의식중에 나온―― 잠깐, 의식?"

피네와 그런 대화를 주고받던 사라사가 뭔가를 깨달았는지 마차에서 내리더니 땅바닥을 더듬거리기 시작한다.

"갑자기 뭐야?"

"조용히 해봐. 난 지금 아주 섬세한 작업을 하는 중이라고."

사라사는 마부와 주위 참석자들의 뜨악한 시선도 개의치 않고 '섬세한 작업'을 계속했다. 그러고는 납득한 듯 고개를 끄덕거리더니 다시 마차 안으로 돌아왔다.

"역시. 행사장에 전체를 뒤덮는 마법진이 깔려 있어."

"마법진?"

"응, 그것도 이중으로. 하나는 인식을 방해하는 마법진. 현실에 있는 사람들이 이변을 깨닫지 못하게 하려는 거지. 또 하나는 '수면 조작'의 마법진. 이건 범위 내에 있는 사람들에게 똑같은 꿈을 꾸게 하는, 즉 강제로 '몽계'로 데려가는 마법진이야."

《인연야회》의 세계에서 '꿈'은 단순한 생리 현상이 아니라 육체와 의식을 격리해 자신의 기억 등으로 구성된 가상의 몸으로 이동한 후 거기서 사물을 체험하게 하는 걸 가리킨다.

그 세계의 이름이 '몽계'다. 성여신교회에서 부르는 정식 명칭은 '오네이로스'지만, 길고 외우기 어렵다는 이유로 사람들은 몽계라고 부른다.

몽계에서 인간이 할 수 있는 것은 그날의 정신 상태에 따라 달라진다. 상태가 좋으면 문자 그대로 뭐든 할 수 있고, 반대로 상태가 나쁘면 아무것도 할 수 없다.

특이한 점은 괴물의 습격을 받거나 과거에 있었던 괴로운 일을 재경험하는 등 이른바 악몽을 꾸면 현실의 심신까지 영향을 미칠 수도 있는 것이다.

몽계에 있는 사람은 꿈을 자각하지 못하며, 타인의 몽계를 현실에서 조작할 수도 없다.

"나보다 먼저 몽계 조작 마법을 발명한 사람이 있는 줄은 몰랐는걸……!"

사라사가 개발한 '몽계 공유 술식'은 현실의 의식을 유지한 채 복수의 사람을 같은 몽계로 데려가는 마법이다.

우리는 그것을 통해 아네스를 꿈의 세계에 묶어두고 그녀에게 빙의된 '악마'를 쫓아낼 생각이었다. 그런데 뜻밖의 변수가 생긴 모양이다.

"이 마법진을 해체하지 않으면 계획을 실행할 수가 없어."

"그게 어떻게 할 방법은 없나요……?"

"아니, 나도 하룻밤은 걸려. 귀찮게 됐네……!"

이렇게 계획이 틀어지다니. '악마'의 힘을 과소평가했군.

"이런 상태로는 계획대로 할 수가 없어. 남은 방법은 아네스 발렌을 물리적으로 제압하는 것뿐이야."

"그건……."

구속된 아네스의 모습을 상상했는지 피네는 표정이 어두워진다.

나도 아네스를 다치게 하고 싶지는 않다. 뭔가 좋은 방법이…… 그렇지!

"잠깐! 아까 마법진이 2중으로 쳐져 있다고 했지? 그럼 그걸 덮어쓰면 어떻게 안 될까?!"

"으음…… 가능성이 없지는 않지만……."

순간 떠오른 내 아이디어에 사라사가 떨떠름하게 대답했다.

"안 돼?"

"……이 불안정한 토대 위에서 술식을 정상적으로 펼치려면 현실에서 조정해 줄 사람이 필요해. 술식을 전개할 마력도 필요하고. 조정은 내가 한다고 쳐도, 마력을 공급할 사람이 없어."

"나로는 안 돼?"

"그러면 피네 슈타우트가 혼자 들어가는 꼴인데, 그래도 되겠어?"

"그건 안 되지……."

그건 그렇다. '악마'와 싸울 가능성이 있는 이상 피네를 혼자 보낼 수는 없다.

"저기, 제가 마력을 공급하면 안 되나요? 제 마법이라면 미리 마력을 공급할 수 있으니까, 애쉬 님과 둘이 그 몽계로 들어갈 수 있을 거예요."

"피네 슈타우트의 마력으로는 부족해. 이걸 실행하려면 애쉬 바이스만큼의…… 잠깐, 애쉬의 마력을 피네 슈타우트의 마력으로 변환하면 되나?"

"오오, 그런 방법이?!"

"아, 하지만 이 방법은……."

사라사는 왠지 뺨을 붉히면서 다시 고민에 빠진다.

"부탁이에요! 아네스를 구하기 위해서라면 뭐든 할게요! 그러니까 방법을 가르쳐주세요!"

피네가 사라사의 두 손을 잡고 결연한 표정으로 말한다.

"……맞춰야 해."

"잘 못 들었어요……."

"……애쉬 바이스와 피네 슈타우트가 직접 입을 맞춰야 한다고!"

뭐, 뭐라고?!

확실히 《인연야회》 게임 안에서는 입맞춤을 통해 피네가 마력을 공급받는 이벤트가 각 공략 대상 루트에 있었다.

그런데 그걸 내가 하라고?!

"피, 피네? 정말 괜찮아? 지금이라도 그만둬도 돼."

"아, 아니에요……."

친목회 장소이기도 한 임시 강당 끝에 있는 인기척 없는 작은 정원.

그곳에서 지금 내 앞에 드레스 차림으로 서 있는 피네에게서 요염함과 섹시함, 그리고 평소와는 다른 분위기가 느껴졌다.

피네는 얼굴을 붉히면서도 망설임 없이 그 아름답고 사랑스러운 얼굴을 나에게 내밀었다.

달콤한 향수 냄새가 코를 자극했다.

뭔가 해선 안 될 짓을 하는 듯한 기분이라 심장이 쿵쾅거렸다.

뭐, 뭐지. 뭐지, 이 기분은?!

“애쉬 님이라면 전 언제든지…….”

피네는 몽롱한 눈동자로 이렇게 중얼거리더니 나에게 입을 맞추었다.

그 감촉이 너무나도 부드럽고 달콤해서 나도 모르게 매료되었다.

피네는 눈을 감고 나와 키스하는 것만 생각하는 듯했다.

그런 그녀가 너무 예쁘고 사랑스러워 나도 모르게 피네를 꼭 안으려고 등 뒤로 팔을 돌리려고 하는데——.

“애쉬 레벤! 마력! 마력을 공급해!”

사라사가 새빨간 얼굴로 지적하는 바람에 얼른 팔을 거두었다.

그래, 마력을 공급하기 위해 피네와 입을 맞추는 거였지!

……좋아, 게임에서 그 녀석들이 어떻게 피네에게 마력을 공급했지?

‘정신을 집중하고, 자신이 가진 에너지를 흘려보내는 이미지였던가.’

게임 속의 녀석들은 이 요염한 피네를 앞에 두고 용케도 그런 것을 했구나!

이런 것을 생각할 여유는 없다. 아무튼 마력을 공급하는 생각만 하자……!

"음, 후우……."

잘 됐는지 어떤지는 모르겠지만 내 안에서 힘? 에너지? 뭐라 표현해야 좋을지 모르겠지만 마력 같은 뭔가가 피네에게 흘러갔다.

이래저래 몇 분쯤 공급을 계속하다가 옆에서 사라사가 "이제 됐어"라고 하길래 나는 피네에게서 얼굴을 떼어내려고 했다. 그런데…….

"으응!"

피네가 응석을 부리듯 나를 꼭 껴안고 딥키스를 시작한다.

나도 황홀해져서 그녀의 키스에 응하려 하는데…….

"저, 적당히 해! 공공장소에서 뭐 하는 짓이야!"

사라사가 우리를 떼어놓기 위해 가운데로 비집고 들어왔다.

힘이 없어서 우리를 조금도 떼어놓을 수는 없었지만, 덕분에 정신을 차려서 자력으로 떨어졌다.

"……미안."

"저, 저도 정말 죄송해요……."

"됐어. 그래서 마력 공급은?"

사라사가 이렇게 묻자, 피네는 눈을 감고 자기 가슴에 손을 얹는다.

"으으, 된 것 같아요……."

이렇게 말하는 피네의 눈은 게임의 마력 공급 이벤트에서처럼 평소의 아름다운 비취색에서 초대 성녀 클리어가 각성했을 때처럼 은은하게 빛나는 남색 눈으로 바뀌었다. 그리고 몸에서는 평소에는 느낄 수 없는 오라를 내뿜고 있었다.

그러나 한 번에 방대한 마력을 공급받은 탓에 부담이 컸지 현기증을 일으키며 비틀거린다.

"넘어질라."

"고, 고맙습니다……."

내가 재빨리 부축하자 그녀는 얼굴을 붉히면서 이렇게 말하고 얼굴을 돌려버린다.

"역시 싫었구나……?"

"아, 아니에요! 애쉬 님 잘못이 아니에요! 다 제 잘못인데…… 왜, 왜 그런 말을……!"

그리고 이번에는 두 손으로 얼굴을 가리고 몸을 배배 꼬기 시작한다.

……호, 혹시 아까 그거 전부 자기도 모르게 그런 건가?!

그러자 나까지 심장이 두근거리기 시작했다.

"……야 너희, 몇 번이나 말하지만 적당히 해라."

"미, 미안."

"저, 저도 죄송해요. 지금 마법을 걸게요. '세인트 기프트'!"

피네는 내가 공급한 마력을 재빨리 성마법으로 변환해

사라사에게 양도했다.

"오오. 마법 하나로 이렇게 많은 마력을 공급하다니……! 역시 피네 슈타우트의 마법은 흥미롭다니까……!"

성마법을 직접 받는 희귀한 체험에 연구 의욕이 자극된 건지, 평소의 호기심 왕성한 사라사로 돌아왔다.

"술식은?"

"음. 이 정도 마력이면 충분해. 얼른 내 앞에 서. 우히히, 이렇게 많은 마력을 써서 마법을 발동할 기회가 오다니! 좀처럼 없는 일이니까 망막에 이 광경을 똑똑히 새겨두라고……!"

……좀 과도하게 들뜬 것 같지만 뭐, 괜찮겠지.

나와 피네는 시키는 대로 사라사의 앞에 나란히 섰다.

"아, 중요한 말을 하는 걸 까먹었네. 몽계에서는 의식이 명확할수록 힘을 부릴 수 있어. 꿈을 꿈이라고 인식하고 목적을 잊지 않으면 너희는 무적이 될 거야. 하지만 악마가 어떤 수단으로 나올지 알 수 없으니까 방심하지 마."

"네!"

"……응. 알았어."

우리가 이렇게 대답하자 사라사는 품속에서 '몽계 공유 술식'이 새겨진 종이를 꺼내 거기에 단숨에 마력을 불어넣었다.

다음 순간, 친목회 행사장 전체를 덮을 정도로 거대한

마법진이 전개되더니 달빛과 별빛 대신 따스함이 느껴지는 기분 좋은 빛이 우리를 비추었다.

"그럼 간다."

사라사의 이 말을 마지막으로 나는 급격한 졸음을 느꼈다. 시야가 암전하고, 그리고 현재——.

※ ※ ※

"꿈이라니? 그게 무슨 말이야? 이, 이렇게 감각이 생생한데, 살려달라는 저들의 애원도 비명도 이렇게나 생생한데……."

"……그야 그들도 똑같은 꿈을 꾸고 있으니까. 아니 같은 '몽계'에 있으니까. 죽기 전의 공포도, 죽은 후의 느낌도 생생하게 느껴지는 게 당연해. 하지만 넌 아무도 죽이지 않았어."

나는 몽계에서 재현된 임시 강당의 그늘에 숨어서 피네가 아녜스를 설득하는 모습을 지켜보고 있었다.

우리가 몽계에 들어오는 데 성공했을 때는 복수를 목적으로 한 아녜스의 살육 쇼가 종반을 맞이하고 있었다. 그녀를 발견한 것은 버나드 게르바가 개처럼 생긴 괴물에게 죽임을 당하는 순간이었다.

아무리 꿈이라지만 그토록 잔인하게 살해하다니. 나조

차 구역질이 날 정도였다.

하지만 피네는 두려워하지도 주저하지도 않고 아네스에게 천사 같은 미소로 말을 걸고 있다.

이대로 아네스를 설득할 수 있다면 좋을 텐데…….

"하, 하지만, 내가 저들을 죽여서 엉망으로 만든 행동을 저지른 건 변하지 않아. 그런 더러운 내가 너와 같이 있으면 너까지……."

"……그런 일을 당했다면 누구든 부정한 감정을 갖는 게 당연해. 네가 가졌던 그건 당연한 감정이야. 나도 애쉬 님께 구원받기 전엔 그들을 절대 용서할 수 없다고 생각했었어. 만일 네가 이런 일로 더럽다면, 나도 마찬가지로 더러울 거야."

"그, 그렇지 않아! 난 작년에 네가 괴롭힘을 당하는 걸 알면서도 손을 내밀지 않았어! 하지만 넌 나에게 친절하게 대해주었잖아! 역시 난 피네 너랑 달라!"

변함없이 다정하게 말을 건네는 피네.

그런 그녀의 모습에 아네스는 혼란스러워하며 자기 자신을 과도하게 비하한다.

"그건 나한테 애쉬 님이 다정한 버팀목이 되어줬기 때문이야. 우리의 차이점은 그것뿐이야. 그러니까 너도 자신을 그런 식으로 탓하지 마. ……난, 내 소중한 친구가 스스로 상처 주고 슬퍼하는 모습을 보고 싶지 않아."

피네는 어딘지 쓸쓸한 미소를 지으면서 아녜스에게 다가가 그녀를 꼭 끌어안았다.

"흐, 흐윽, 피네……!"

아녜스는 감정이 북받쳤는지 굵은 눈물을 뚝뚝 떨어뜨린다.

피네는 그런 아녜스를 안아주면서 등을 토닥거렸고, 아녜스는 피네의 품속에서 서럽게 울었다.

아녜스는 이것으로 해결된 것 같다. 남은 문제는──.

『이런, 잘 되고 있었는데, 설마 여기서 방해꾼이 끼어들 줄이야.』

"알디……."

개의 형상을 한 괴물이 모습을 바꾸었다. 상반신은 보라색 타투가 새겨진 알몸이었고, 마력으로 구성된 기다란 손톱과 긴 귀를 가진 잘생긴 청년의 모습이었다.

알디, 그것이 놈의 이름인가.

놈은 기묘한 웃음을 흘리면서 피네에게 시선을 향한다.

『피네라고 했나? 지난번엔 미안했어. 아녜스에게 이상한 마법을 거는 줄 알고 나도 모르게 반격했거든.』

"아니에요. 그 일은 이미 신경쓰지 않아요……."

첫마디가 사과일 줄은 예상치 못했는지 피네는 당혹스러워하면서도 '알디'라는 자에게 이렇게 대답했다.

놈은 피네의 성마법을 '이상한 마법'이라고 했다.

이 세계에서 타인에게 버프를 거는 마법은 성녀인 피네만이 갖고 있다.

만약 그것을 모른다면 이상한 마법이라고 생각할 수도 있지만…….

『이제야 마음이 후련하군. 그럼 다시 내 소개를 하지. 내 이름은 '몽상의 알디'. 이번 사건을 일으킨 진범이자…… 너희를 죽일 악마다.』

"!"

알디는 오른팔을 들어 그 거대한 손톱으로 피네와 그늘에 숨어 있던 나를 찢어놓으려고 했다.

나는 재빨리 이 세계에서 내가 가장 강력하다고 생각하는 무기――'보검 클리어'를 상상해 공격을 받아냈다.

"바, 바이스 님까지 여기에?!"

"아녜스! 위험하니까 떨어져!"

갑자기 등장한 나에게 놀란 아녜스와 그런 그녀를 보호하는 피네를 곁눈으로 보면서 나는 알디와의 거리를 좁힌다.

몽계에서는 의식이 명확할수록 강대한 힘을 부릴 수 있다. 이것이 꿈이라는 것을 아는 우리는 거의 무적이다.

사라사의 이 말은 사실이었는지 알디의 마력으로 구성된 손톱은 산산이 조각났다.

『흐음, 퍽 화려하게 생긴 검이군. 하지만 난 '꿈의 악마'. 꿈의 세계에 있는 한 나는――.』

"아니. 넌 악마가 아니야."

숨을 몰아쉬며 마력을 짜내 손톱을 재구성하면서 나를 자극하던 알디에게 나는 지금까지 놈의 언동을 보고 도출한 결론을 들이밀었다.

『무, 무슨 소리지? 난 틀림없는 악마——.』

"아니. 넌 이 검을 두려워하지도 않고, 피네의 힘도 이상한 마법이라고 말했어. 그런 어중간한 악마는 이 세상에 없어."

몽계에서 호흡을 정리하는 게 의미가 있는지는 모르지만, 아무튼 크게 심호흡한 후 놈의 정체를 폭로했다.

"넌 인간에게 봉사하기 위해 인간의 손으로 만들어진 '사역마'야."

내가 '어머니'의 손에 의해 태어났을 무렵, 라크레시아 왕국은 국왕의 뛰어난 통치로 온 나라가 윤택하여 세계에서 제일 부유한 나라라고 불리고 있었다.

덕분에 어머니도 나를 만들 재료를 손쉽게 구할 수 있었다고 했다.

당시 왕국의 귀족 자제들은 이상한 악몽에 시달리다 요절하는 일이 잦았다. 그래서 출산을 앞둔 어머니── 왕국 제일의 마법사 '앨리스 발렌'은 이에 대비해 사람의 의식, 특히 꿈에 개입하는 데 특화된 사역마 '알디', 즉 나를 창조했다.

"그러면 당신의 아이가 악몽을 꾸지 않고 성장하면 내 역할은 끝나는 건가?"

"음…… 그때는 내 이야기 상대가 되어주면 어떨까. 네 앞에서라면 직함도 신분도 신경을 쓰지 않고 마음 편히 있을 수 있는데. 할머니가 되어도 나를 잘 알아주는 친구가 있으면 멋질 거 같지 않아?"

이렇게 말하며 웃는 어머니, 앨리스의 얼굴은 태양처럼 환하고 아름다웠다. 나는 그 얼굴을 이 몸이 소멸하는 순간까지 잊을 수 없을 것이다.

사역마의 목숨은 주인의 목숨과 이어져 있어서, 주인이 죽으면 사역마도 소멸한다.

물론 사역마가 죽어서 주인이 죽는 경우는 없다. 주인이 생전에 사역마를 해체할 수는 있지만, 적어도 앨리스는 나이를 먹어도 나를 곁에 둘 생각인 것 같았다.

『나처럼 말버릇이 나쁜 놈을 곁에 두면 후회할 텐데.』

"후후, 그것도 즐거운 노후 생활이 될걸."

내 비꼬는 말에도 앨리스는 부푼 배를 문지르며 빙그레 웃었다.

그 말에 기분이 한껏 좋아진 나는 표정을 보여주기 싫어서 그녀에게서 얼굴을 돌렸다.

그리고 얼마 뒤 앨리스는 남녀 쌍둥이를 낳았다. 산모와 아이들은 모두 건강했다.

남자아이는 아레스, 여자아이는 아리엘이라는 이름을 붙여주었다. 앨리스는 거동이 자유로워지자, 나에게 아이들을 소개해 주었다.

"애들아, 알디 오빠, 알디 형이란다~."

"사역마한테 무슨 오빠고 형이래?"

"그런 쓸데없는 말은 해서 뭐해? 그렇지, 애들아?"

앨리스가 이렇게 말하자 쌍둥이는 "아– 우–" 하면서 그 작고 소중한 손으로 실체화된 내 몸을 만졌다.

짧은 생명밖에 부여받지 못한 단순한 사역마인 나는 그

것을 보고 눈시울이 뜨거워졌다. 그리고 그 한심한 모습을 앨리스에게 들키지 않으려고 비실체화했다.

쌍둥이는 갑자기 사라진 나를 찾았고, 앨리스는 여느 때처럼 환한 미소를 지었다.

정말 행복한 시절이었다.

사역마에 불과한 내게는 과분한 행복하고 평온한 생활.

나는 밤에는 아기들이 악몽에 시달리지 않도록 경호하면서 낮에는 앨리스와 시답지 않은 잡담을 주고받으며 웃었다.

이런 생활이 언제까지고 계속되면 좋을 텐데. 아니, 계속되면 좋겠다. 어느새 나는 진심으로 이렇게 바라게 되었다.

……아기들이 아장아장 걷기 시작했을 무렵, 왕이 죽고 별로 평판이 좋지 않은 왕의 동생이 새로운 왕이 되었다.

그리고 곧 그 새 왕, 바스키아는 마법 재능으로 온 나라에 이름이 자자한 앨리스와 단둘이 만나고 싶다는 서한을 보내왔다.

왕의 요청을 거절할 수는 없다.

다만, 악명 높은 바스키아가 무슨 짓을 할지 알 수 없으므로, 쌍둥이와 앨리스의 남편은 친척 집에 보내놓고, 당일은 앨리스와 저택의 하인, 그리고 비실체화한 내가 바스키아 왕을 맞이하게 되었다.

"네가 앨리스 발렌인가."

호화로운 마차에서 내린 것은 주위 기사들보다 머리 하나는 크고 검은 갑주를 입고 등에 대검을 짊어진, 당장에라도 전쟁터에 나갈 것 같은 복장을 한 갈색 머리의 남자였다.

저택 사람들과 앨리스는 그 남자에게 정중히 응대했다.

즉 이자가 새 왕, 바스키아이리라.

"이렇게 친히 발렌 백작령까지 오시니 감사합니다, 폐하. 저택 안으로 드시지요――."

"하나만 묻겠다. 너의 그 재능과 힘, 그리고 그 피, 네가 가진 모든 것이 내 것이 되는 것에 동의하겠나?"

"……송구합니다. 그게 무슨 말씀인지요?"

"말 그대로다. 네가 내 것이 되는 것에 동의하는지를 묻는 것이다."

바스키아가 내뱉은 그 말에 앨리스와 저택의 하인들, 아니 바스키아와 동행한 시종들과 근위기사들까지 당혹스러운 표정을 지었다.

그건 나도 마찬가지였다. 남의 아내에게 느닷없이 자기 것이 되라고 말하는 사람이 어디 있단 말인가.

"……제겐 이미 남편과 아이가 있습니다. 폐하를 섬길 수는 있지만 폐하의 것이 될 수는 없습니다."

앨리스는 진지하게 고민한 끝에 바스키아 왕의 심기를 건드리지 않도록 조심하면서 의견을 말했다.

하지만 그것은 바스키아가 원하는 대답이 아니었던 모양이다.

"그래? 내 것이 될 수 없단 말이지? 그럼 넌 필요 없다."

바스키아는 인간보다 감지력이 높은 나조차도 알아보기 힘든 속도로 검을 빼 들더니 앨리스의 배를 찔렀다.

"이 땅도, 이 땅에 사는 자들도 난 필요 없다. 모두 사라져라."

그자는 마법으로 저택과 안에 있던 사람들을 통째로 폭파했다.

마지막으로 바스키아는 앨리스의 배를 찔렀던 검을 뽑아 날에 묻은 피를 닦은 후 시내를 향해 걷기 시작했다.

"!"

나는 실체화해서 황급히 그녀에게 달려가 그녀를 끌어안았다.

배에서 피가 분수처럼 샘솟고 있었다. 의료 기술이 없는 나도 알 수 있었다.

그녀는, 앨리스는, 어머니는 가망이 없었다.

내가 할 수 있는 것은…….

"알디…… 거기 있어……?"

"그, 그래! 여기 있어! 난 당신과, ……어머니와 마지막까지 있을 거야!"

"후후…… 말은 기쁘지만, 네게는 다른 일이 있어……."

어머니는 폭파의 충격으로 너덜너덜해진 채 저택에서 날아온 책과 쇠사슬에 손을 얹고 뭐라고 중얼거렸다.

그와 동시에 나는 뭔가 이상한 감각을 느꼈다.

눈앞에 있는 어머니와 나를 이어주던 뭔가가 사라진 듯한 감각을…….

“어머니?! 대체 무슨?!”

“알디…… 네 주인을 이 책으로 바꾸었어……. 넌…… 살아서…… 자유롭게, 그리고 그럴 수 있다면 우리 아이들을 도와줘…….”

여기까지 말하고 어머니의 눈에서 생기가 사라졌다. 몸이 서서히 식어간다.

안 돼, 안 돼, 안 돼! 죽지 마! 떠나지 마! 날, 날 혼자 두지 마!

하지만 어머니는 내 말에 반응하지 않고 이미 하나의 사물이 되어버렸고, 나 자신도 비실체화되어 있었다.

……그 후로는 잘 기억나지 않는다.

강력한 다중 결계와 열화와 파괴를 막아주는 마법으로 마도구가 된 후 그대로 저택이 있던 자리에 방치되었던 것 같다.

그렇게 몇 년이 지난 후.

피신처에서 돌아온 발렌가의 하인들은 마도서 같은 날 보고 어머니와 관계된 물건이라 판단해 나를 재건된 저택

도서관에 소장했다.

나중에 안 일이지만 바스키아는 그 후 이 나라에서 추방되었다. 한때 작위를 박탈당했던 발렌가의 당주는 바스키아와의 싸움에서 저항을 계속했던 왕족의 후손을 섬기며 공헌했고, 그 왕족이 새로운 왕으로 즉위한 후 그 공로를 인정받아 작위를 반환받고 영지 부흥을 위한 막대한 지원을 받았다고 한다.

그러나 바스키아는 살아남았고, 이웃 나라를 탈취해 새로운 왕이 되었다.

그렇지만 이젠 나와는 아무 상관 없는 일이었다.

물론 어머니의 원수는 갚을 수 있다면 갚고 싶다.

하지만 그런다고 어머니가 살아 돌아오는 것은 아니다.

그래서 나는 심심할 때마다 실체화해서 도서관 장서에서 정보를 얻고 그 이외의 시간에는 어머니가 살아 있었을 때를 재현한 '몽계'에서 가짜 행복으로 마음을 채우려고 했다.

그러나 소용없었다.

아무리 기억을 파헤쳐 충실히 재현해도, 그것은 어머니가 아닌 인형에 불과했다.

……그런 것을 상대해봤자 아무것도 채워지지 않았다. 채워질 리가 없었다.

그리고 몇 년이 지났을 때, 실체화한 내 모습을 저택 하인이 목격하는 일이 일어났다. 나를 악마로 착각한 그들은 쇠사슬에 "절대 봉인을 풀지 말 것"이라는 글자를 새겼다.

다시 몇 년 후, 아니 몇백 년이 지났을 때 저택에 다시 변화가 일어났다.

나 이외의 장서는 대부분 소실되었고, 대신 늘 울상을 짓는 소녀가 나타났다.

그 소녀는 마치 어린 어머니를 보는 듯했다. 나는 무슨 생각이었던 건지 나도 모르게 그 소녀에게 말을 걸고 말았다.

그렇게 하면 나의 이 굶주린 마음이 채워질 거라는 믿음으로.

또는 이번엔 반드시 숙주를 구하고 어머니의 곁으로 떠나겠다는 바람으로.

"알디가, 사역마……? 그게 무슨 소리예요……?"

아녜스는 내가 폭로한 알디의 정체에 당황한 듯했다. 피네도 놀라움을 감추지 못했다.

『어째서 날 사역마라고 단언하지?』

"당신은 아녜스에게 지나치게 친절해. 악마라면 말도 안 되는 일이지만, 사역마라고 하면 이야기가 다르지."

아녜스에게 빙의한 것이 '악마'가 아닌 건 예상하던 일이다. 다만 정체를 깨달은 계기는 이곳에 설치된 술식이었다.

이 '몽계'를 이용한 복수극은 방식이 너무 번거롭다.

'몽계'에서 죽으면 육체에도 다소의 피하가 가지만, 그래 봤자 지독한 악몽을 꾸는 정도다.

상대를 재우고 그 틈에 죽이는 게 훨씬 확실하고 합리적이다. 인식 방해를 걸어 다른 사람들의 눈에서 상대를 감추고 조용히 제거해도 되고.

그러나 놈의 행동 기준은 모두 아녜스에게 맞춰져 있었다.

우리는 몽계에서 버나드 게르바가 죽는 순간을 보았지만, 그건 아녜스가 아니라 알디가 죽인 것이다.

알디는 피네의 간섭도 한 번은 거절했으면서, 나중에는 피네와 친해지는 조언을 했다.

나아가서는 아네스가 범인으로 몰리는 걸 최대한 피하려는 노력까지.

《인연야회》의 세계에서 인간이 아니면서 인간을 돕는 자. 그건 인간에 의해 만들어져 인간에게 봉사하기 위해 만들어진 사역마 뿐이다.

『하하…… 친절하다. 그렇군, 내 행동이 너에겐 친절하게 보였군…….』

"반론이 있나?"

『안타깝게도 네 논리를 깨고 '악마'를 이어갈 정도로 연기력이 좋지는 않다. ……하지만 여기서 순순히 물러날 생각은 없다.』

알디는 나와 거리를 벌리더니 아까와 비교도 되지 않을 정도로 거대한 손톱을 만들어서 계속해서 휘둘렀다.

"우리와 아네스 발렌은 사건의 진실을 알았어! 당신이 무슨 일을 꾸미든 복수는――!"

『넌 나를 친절하다고 했지만, 그건 오해다. 난 철저하게 나 자신을 위해서만 움직인다……!』

몽계에서는 의식이 명확할수록 강해진다. 그것은 사역마에게도 예외가 아니었다.

우는 건지 웃는 건지 모를 복잡미묘한 표정. 알디의 손톱이 급격히 묵직해졌다. 내 의식이 밀리는 건지, 내가 쥔 검에 균열이 생겨났다.

"그러면 네 목적은 뭐지……? 이렇게까지 해서 대체 무엇을 하려는 거냐……!"

『주인을 지킨 사역마는 역할을 마치고 소멸한다. 기필코 나는 어머니…… 앨리스 발렌의 곁으로 갈 것이다!』

앨리스 발렌? 아네스의 친족인가? 말투로 봐서는 지금은 이 세상에 없는 모양이지만.

하지만 사역마는 주인이 죽으면 소멸한다. 그런데도 알디는 왜 계속 존재하는 걸까.

……그 의문은 알디의 절규에 의해 어렴풋하게나마 해소되었다.

『나는, 나는 어머니를 지키지 못했다. 아니 오히려 어머니에 의해 목숨을 구했지! 차갑게 식어가는 어머니를 도울 수도 없었다! 어머니에 의해 책 속에 갇혀서 수치스럽게 연명했다! 그리고 드디어! 주인의 소원을 이루고 당당하게 마지막을 맞이할 수 있게 되었다! 네가 이 기분을 아느냐!』

그 절규에서는 뼈저린 외로움과 후회 그리고 자책감과 죽음에 대한 열망이 느껴졌다.

알디라는 사역마는 줄곧 이 순간을 기다린 것이다. 사역마의 역할을 완수하고, 사랑하는 어머니가 있는 저세상으로 떠나기를.

나는 뭐라고 대꾸해야 좋을지 알 수 없었다. 그리고 격해지는 알디의 공격을 점점 버티기 힘들어졌다.

알디가 오랜 세월 동안 느껴온 고통을, 아픔을, 후회를 겨우 십수 년밖에 살지 않은 나는 온전히 이해할 수 없었다…….

"……싫어, 싫어! 죽는다는 그런 슬픈 말은 하지 마세요, 알디!"

그때 몽계 전체를 쩌렁쩌렁 울릴 정도로 크고 강한 의지가 담긴 말이 알디의 공격을 멈추었다.

목소리의 주인은 알디보다 더 비통한 표정을 한 아녜스였다.

"난 알디가 있어서 괴로운 일도, 힘든 일도 전부 견딜 수 있었어요! 그런데 알디가 그런 슬픈 이유로 없어진다면, 난 어떻게 하란 거죠?!"

아녜스는 어린애처럼 흐느껴 울면서 알디를 꼭 끌어안았다.

『아녜스……. 난, 난……!』

"싫어요! 가지 말아요! 지금까지 그랬던 것처럼 줄곧, 줄곧 같이 있어요! 죽겠다는 슬픈 말은 하지 말아요!"

그런 아녜스의 앞에서 나와 알디는 전의를 상실했다. 이에 따라 우리의 무기도 손에서 사라졌다.

피네는 아녜스에게 다가가 그녀의 머리를 다정하게 쓰다듬으면서 알디를 바라보았다.

"……알디. 당신은 나로서는 헤아릴 수 없을 만큼 힘들고 괴로운 경험을 해왔을 거예요. 하지만 제발 아녜스의 마음을 알아줄 수 없을까요? 전 친구는 될 수 있어도 아녜스의 가족은 될 수 없어요. 그럴 수 있는 건 당신이에요."

『가족…….』

가족. 피네가 말한 그 단어에 알디는 눈을 감고 숨을 깊이 들이마셨다. 그리고 피네 대신 아녜스의 머리를 가만히 쓰다듬었다.

『정말 내가 있기를 바라? 그렇게 맨날 놀리기만 했는데도?』

"그런, 그런 건, 이젠 익숙하다고요……."

『너를 이용해서 죽으려고 했던 나쁜 놈인데?』

"하지만 날 아껴줬잖아요……."

『……난 사역마고, 너와는 모든 게 달라. 그래도 괜찮아?』

"뭘 새삼스럽게……."

울면서 안기는 아녜스의 대답에 감격했는지 알디의 눈에서 떨어진 눈물이 뺨을 타고 흐른다.

『어쩔 수 없군. 주인의 소원을 들어주는 게 사역마의 역할이니까…….』

"주인이 아니에요. 알디는 가족이에요."

두 사람은 부둥켜안고 지금까지 쌓이고 쌓인 감정을 토해내기라도 하듯이 엉엉 울기 시작했다.

동시에 이 '몽계'에 햇빛처럼 환한 빛이 비쳤다.

마치 긴 밤이 끝나는 것 같은 장면이었다.

※ ※ ※

"오, 돌아왔나?"

눈을 뜨자 그곳은 술식을 전개하기 전에 있었던 임시 강당의 작은 마당이었다.

"……시간이 얼마나 지난 거야?"

"몇 분 정도. 내가 보기에는 너무 순식간에 끝난 느낌이라 김이 빠지네."

그 몽계에서 일어난 일은 현실에서는 찰나의 일이었던 모양이다.

그 사실에 안도하면서 일어나려 하니, 왼팔이 왠지 묵직했다.

"자는 동안에도 장난 아니더라, 너희."

뭐?

옆을 보니 피네가 내 왼팔을 끌어안고 쌔근쌔근 잠들어 있었다.

너무 곤히 잠든 것 같아 깨울까 말까 망설였지만, 그래도 아네스와 알디가 어떻게 됐는지 확인해야 하기에 어쩔 수 없이 오른손으로 피네의 몸을 가만히 흔들었다.

"피네, 일어나!"

"으, 으응…… 애쉬 님?"

피네는 눈을 비비면서 천천히, 그러나 내 왼팔은 여전히 꼭 끌어안은 채 일어난다.

그리고 주위를 둘러보고 상황을 파악하더니 얼굴을 붉히며 내 왼팔을 확 놓았다.

"죄, 죄송해요! 이, 일부러 그런 거 아니에요……!"

"알아. 일단 아네스의 상태를 살피러 가자."

"네!"

우리는 서로 옷에 묻은 잡초를 털어주고 머리를 정돈한 후 이 행사장 어딘가에 있을 아네스를 찾기 위해 달렸다.

"아녜스!"

드레스 차림의 아녜스 발렌은 행사장으로 쓰이는 임시 강당 2층 발코니 의자에 앉아 멍하니 밤하늘을 올려다보고 있었다.

"피네. 나……."

"아녜스. 괜찮아?! 어디 불편하거나 다친 덴 없어?"

아녜스는 피네를 보고 미안한 표정으로 무슨 말을 하려고 했지만, 피네의 진심으로 걱정스러운 표정과 아녜스의 몸 상태를 살피며 퍼붓는 질문 공세에 입을 닫았다.

피네는 처음에는 멍한 듯하더니, 몽계에서 일어난 일들을 또렷이 떠올리고 아녜스와 알디의 몸이 걱정되었는지 필사적으로 그들을 찾아다녔다.

"아, 응, 난 괜찮아…… 어엇?!"

일단 아네스가 무사……한지 아닌지는 아직 알 수 없지만 그래도 살아 있다는 것을 확인해서 기뻤는지 피네는 눈물을 글썽이며 아네스를 끌어안았다.

"다행이다. 정말 다행이야……."

"……피네. 걱정 끼쳐서 미안해."

"아니야. 아네스가 무사하면 그걸로 충분해."

"피네……!"

피네의 다정한 말을 듣고 아네스도 눈물을 흘리며 아네스를 꼭 끌어안았다.

아네스는 심신 모두 무사한 듯하다.

"방해해서 미안한데 그 사역마, 알디는 어떻게 됐어?"

"알디는 지금, 여기 있어요."

아네스는 가슴의 브로치를 꺼내 우리에게 보여주었다.

"원래는 책을 매개체로 삼고 있었는데, 이렇게 거대한 술식을 쓴 것도 모자라 억지로 절 주인으로 바꾼 탓에 마력을 상당히 소모한 것 같아요. 그래서 당분간 잔다고 하고는 이 브로치로 들어가 버렸어요. 기척은 느껴지니까 소멸한 건 아닌 것 같지만요……."

"그렇구나. 그러면 마지막 남은 문제는——."

"야 너희들, 나, 날 두고 가다니, 너무한 거 아니야……?!"

그때 사라사가 헉헉대며 당장에라도 쓰러질 듯한 표정으로 비틀거리며 달려왔다.

"괘, 괜찮아요?!"

"괜찮, 겠, 냐……. 하악, 하악, 빠, 빨리 그 마법으로 회복시켜 줘……!"

"아, 알겠어요!"

무릎에 손을 짚고 숨을 고르는 사라사에게 피네가 허둥지둥 회복의 성마법을 걸었다.

피로가 사라진 사라사는 그대로 땅바닥에 주저앉아 땀을 닦았다.

"……그 체력으로 용케 여기까지 왔네. 다른 참석자들도 많았을 텐데."

"그 녀석들은 아직 자고 있어. 몇 분만 지나면 일어나겠지만."

사라사의 말에 나는 우리가 뛰어다니는 내내 아무도 제지하지 않았다는 사실을 깨달았다.

그때 아녜스가 불안한 표정으로 사라사를 쳐다보았다.

"아, 저기, 행사장에 있는 사람들은……."

"다 무사해. 어차피 인식 방해 술식 때문에 아무것도 기억하지 못할 거야. ……뭐, 일부는 의식의 변화가 있을지도 모르지만, 그건 뭐 알 바 아니지. 너희가 책임질 일은 없을 거야."

"가, 감사해요. 다행이다, 정말 아무도 죽지 않은 거죠? 다행이다……."

아녜스는 가슴을 쓸어내렸고 우리도 드디어 모든 것이 끝났다는 생각에 한숨 놓았다.

바로 그때, 친목회의 개막을 알리는 종소리가 울려 퍼지고 장내가 술렁이기 시작한다.

사라사의 말대로 술식에 의해 잠들어 있었던 사람들이 눈을 뜬 모양이다.

"아차, 아직 친목회는 시작도 하지 않았지 참……."

"예?! 이런 꼴로 파티에 참석해야 한다고요……?"

"어쩔 수 없지. 전하가 건네는 초대장을 받았으니까……."

"……노, 노력해 볼게요."

아직 드레스를 입는 것이 부끄러운지 뻣뻣한 미소를 지으면서 행사장으로 향하려던 피네가 갑자기 아녜스를 돌아본다.

"아녜스는 어떻게 할래? 여기서 좀 더 쉬다 올래?"

"아니, 나도 갈래. 친구가 노력하는데 나만 놀고 있을 순 없으니까!"

"무리는 하지 마."

"응!"

아녜스의 '친구'라는 말에 피네는 진심으로 기쁜 듯이 웃었다. 그리고 두 사람은 손을 잡고 행사장으로 향한다.

그런 그녀들을 지켜보면서 '나도 슬슬 갈까' 하고 생각한 순간, 사라사가 내 얼굴을 빤히 쳐다본다.

"엄청 기쁜 얼굴을 하고 있네, 애쉬 바이스."

"당연히 기쁘지. 저런 친구는 몇 명이 있어도 좋잖아."

"……공공장소에서 누가 보든지 말든지 꽁냥꽁냥 키스할 기회가 줄어들어도?"

"그건 미안하다니까. 좀 잊어주라."

아직 그 키스의 충격이 가시지 않은 듯한 사라사에게 사과하자, 그녀는 "잠시 여기서 시원한 바람이나 쐬어야겠다"라면서 발코니에 놓여 있는 의자로 향했다.

그리고 나는 피네와 아네스를 따라 행사장으로 향했다.

——처음에는 다들 알 수 없는 기억의 공백과 잠든 이유를 몰라 당혹스러워했지만, 인식 방해의 영향으로 차츰 그 사실을 신경 쓰지 않게 되었고, 행사는 그대로 속행되었다.

의외인 점은 파벌 간의 충돌이 없었다는 것과…….

"히익, 아, 아네스?! 나, 난, 그러니까, 급한 볼일이 생겨서……! 그, 그그그만 실례할게!"

"아네스 발렌 백작 영애?! 이, 이젠, 그런 말 안 할게! 그, 그러니까, 뭔지는 모르겠지만, 그만 용서해줘!"

그라우디네와 버나드 게르바 등 아네스를 괴롭혔던 학생들뿐만 아니라 피네에게 못되게 굴었던 학생들까지 겁먹은 기색으로 도망치거나 과거의 행실을 사과했다는 점이다.

몽계에서 무슨 인식 변화를 겪은 건지는 모르겠으나, 적어도 이제 교내에서 괴롭힘을 당하지 않을 듯싶었다.

덕분에 이번 야회는 괴물들이 서로 물고 뜯는 피비린내 나는 권력투쟁의 장이 아니라 친목회답게 진행되었다.

"후우……."

친목회 종반, 나는 몰래 임시 강당 맨 위층에 있는 인적 없는 발코니로 나와 크게 한숨을 내쉬었다.

역시 그 인파 속에 계속 있는 것은 피곤한 일이다.

게다가 마지막은 무도회라니.

확실히 게임에서는 무도회에서 같이 춤을 추는 CG가 있었다. 지금까지 까맣게 잊고 있었다.

"애쉬 님, 여기 계셨군요."

"피네도 빠져나온 거야?"

"비슷해요."

피네는 의미심장하게 이렇게 말하더니 내 앞에 서서 오른손을 잡는다.

"피네?"

"……전 애쉬 님 덕분에 다른 사람들과 똑같이 수업받을 수 있게 되었어요. 그래서 댄스 실력도 선생님께 칭찬받을 정도로 향상되었거든요?"

그녀는 눈을 치켜뜨고 나를 보면서 한 박자 쉬었다가 입을 연다.

"그러니까 저랑 같이 춤추지 않으실래요? 전에는 엄청나게 서툴렀잖아요."

"이런 건 남자가 먼저 권하는 거 아니야?"

"그, 그렇긴 하지만, 역시 실례일까요……?"

"아니, 피네도 자신감이 생겼구나 하고 감탄했어. 크흠…… 저라도 괜찮다면 기꺼이."

"네, 잘 부탁합니다."

나와 피네는 그날 밤처럼 다시 손을 잡고 아무도 모르게 아래층에서 희미하게 들려오는 음악을 BGM으로 춤을 췄다.

피네의 댄스는 전과 비교해서 어느 무도회에 내놔도 부끄럽지 않은 수준이었고, 그녀의 표정도 수줍은 듯하면서도 자신감에 넘치고 있었다.

나는 그것을 기쁘게 생각하면서 달밤의 댄스를 즐겼다.

✦ 에필로그

《인연야회》에는 1년 차 종반에 일부러 배드 엔딩을 노리지 않는 한 반드시 해결해야 하는 퀘스트가 있다. 바로 국왕이 저주에 걸리는 퀘스트 '저주 해제의 빛'이다.

피네는 저주를 풀고 성마력을 인정받아, 각 공략 대상의 호감도를 올릴 수 있다.

그러나 이미 배드 엔딩 루트인 이 세계에서는 무관한 일이다.

그러나 이날, 왕국에 경악스러운 소식이 퍼졌다.

왕궁에서 국왕인 살루스 아 라크레시아 9세가 의식 불명이라는 발표를 내놓은 것이다.

온 왕국의 관심은 이 충격적인 소식으로 쏠렸고.

왕태자 '엘제스 아 라크레시아'의 한 여시종이 불운한 사고사를 당했다는 소식은 불행히도 대중의 기억에서 조용히 사라지고 말았다.

후기

작가 카보챠마스크입니다.

제2권이 발매되었습니다. 생각지도 않던 속간이라 저 자신도 놀라고 있습니다.

이렇게 《뒷골목》의 전개가 이어지는 것도 다 응원해주신 여러분의 덕분입니다. 정말 감사합니다.

2권에서는 다양한 배드 엔딩의 이후와 그 구제를 테마로 하고 있으며, 애쉬와 피네의 관계 진전과 달콤한 일상을 그리고 있습니다.

계절의 변화와 함께 달콤하고 애틋한 두 사람의 이야기를 즐겨주시면 좋겠습니다.

5월부터는 히노 에나가 선생님이 작화를 맡으신 《뒷골목》의 코믹컬라이즈가 《도라도라플랫♭》에서 연재되게 되었습니다.

만화라는 형식으로 그려지는 새로운 《뒷골목》도 읽어주시면 감사하겠습니다.

그러면 마지막으로 담당 편집자 S씨, 본작의 일러스트를 담당하신 헤이로 씨, 본작을 출판한 스니커 문고 및 출판관계자 여러분, 그리고 본작을 응원해 주시는 독자 여러분께 진심으로 감사 말씀드립니다.

정말, 정말 고맙습니다. 앞으로도 응원 부탁드리겠습니다.

뒷골목에서 주운 소녀가 배드 엔딩 후 여성향 게임의 히로인이었던 건 2

2025년 11월 15일 1판 1쇄 발행

저자 카보챠마스크
일러스트 헤이로
옮긴이 김진희
발행인 유재옥
이사 조병권
편집부 정영길 박치우 조찬희 이소의 정지원 최유정 김혜주
디자인랩팀 김보라 전세연
디지털사업팀 김지연 윤희진 장혜원
라이츠사업팀 김정미 유아현 이지현
영업마케팅팀 최원석 윤아림
물류팀 백철기
경영지원팀 최정연
인쇄제작처 ㈜코리아피엔피
발행처 ㈜소미미디어
등록 제2015-000008호
주소 서울시 마포구 토정로222, 502호 (신수동, 한국출판콘텐츠센터)
판매 및 마케팅 (070) 8822-2301

ISBN 979-11-384-8833-4
ISBN 979-11-384-8772-6 (세트)